Kadokawa Fantastic Novels
U0065953
「那個……我有件事想問你。」
三角的距離無限趨近零 4
Bizarre Love Triangle
岬鷺宮
Misaki Saginomiya
illustration◊Hiten

「你要不要跟我們……我跟春珂……一組？」
「我從以前就想找機會跟你聊聊了。」
「硬要把甩掉的前男友留在身旁的女生，則是壞心眼的小惡魔。」
「要是曬到太多陽光，活在暗處的我就會死掉～～！」
「我絕對會帶給你們一場愉快的教育旅行！」
「我覺得還是應該來點限制級的刺激。」
「――我們到底在哪裡啊……！」
「晚安，矢野同學，我們明天見――」
「那有上過本壘了嗎？」
「××，其實我一直想跟妳一起來這座城市走走。」
「你們在說什麼？是教育旅行的事情嗎？」
「……矢野今天好像還是一樣。」
「親眼看到的感覺果然不一樣。」
「這麼一來，你就再也離不開我們了――」
「――哎呀～你們兩個怎麼啦？」
「三天兩夜……天曉得會發生什麼事啊！」
「以前的他，該怎麼說呢……給人一種更緊繃的感覺，無論是好是壞。」
「那麼――我們就一起去道頓堀吧！」
「……喂，聽、聽說小柊她們要來這間房間耶。」
「……這種事實在沒辦法告訴別人呢……」

秋玻正在勉強自己。
她隱瞞自己的心情，故意強顏歡笑。

三角的距離無限趨近零 4

Bizarre Love Triangle

岬 鷺宮

Misaki Saginomiya

illustration◊Hiten

Kadokawa Fantastic Novels

序章 Prologue

【我不會只在起點等待】

Bizarre Love Triangle

三角的距離無限趨近零

——我戀愛了。

文化祭結束那一晚，在燈火點亮的學校裡。

面對矢野同學，我明確感受到這個事實。

我依然沒辦法正眼看他，聲音好像快要顫抖，湧上胸口的熱流幾乎要滿溢出來，我就是——喜歡他到這種地步。

——正因如此，我才會這麼告訴他。

「——我們分手吧。」

——矢野同學臉上的表情消失了。

那是完全放空，讓人看不出感情的淡泊表情。

害他露出這種表情，讓我有種想大聲喊叫的罪惡感——但我還是繼續說下去。

「矢野同學——我希望你能好好審視自己的心情。」

熱流化為淚水從眼角滑落，雙腿狼狽地顫抖。

我想立刻被他擁進懷裡，想要他出言安慰，想讓他輕輕摸頭。

可是——我已經不再冀求這些了。

我沒資格向眼前的他尋求溫柔。

「——謝謝你願意跟我交往，謝謝你那麼珍惜我。雖然時間很短暫，但我過得很幸福。」

——我覺得矢野同學對我抱持的感情是真摯的愛意。

相較之下，我那種不純粹的感情算是什麼？嫉妒、懷疑、羨慕……

談戀愛讓我變得沒用，把我變成一個惹人厭、沒自信、個性惡劣的女人。有人說戀愛中的女人最美麗，真是過分的謊言。連我都覺得有了心上人的自己醜陋到無可救藥的地步。

可是——

正是為了擺脫這樣的心情，我才必須這麼做。

為了好好回應矢野同學的心意，我們——非得回到起點重新來過不可。

「矢野同學，如果你搞懂自己真正的心意了……我希望你能重新告訴我們。不管你的答案是什麼，我都會接受。」

……沒錯，這絕不是悲傷的離別。

為了繼續前進，這是我們無可避免的過程。

我想要接受他在這個過程中找到的答案。

我強烈地如此希望。

——身體裡有某種東西動了一下。

既像是有某種東西甦醒過來，又像是睡意緩緩湧上心頭——我已經很習慣這種感覺了。

——差不多要跟春珂對調了。

「……抱歉，時間好像到了。」

其實我還想跟他多說幾句話，可惜沒時間了，剩下的事情就交給春珂吧。

所以，我決定在最後——清楚地告訴他這件事。

「矢野同學——我喜歡你。喜歡過你。」

矢野同學皺起臉，好像快要哭出來了。

我對這樣的他又說了一句話後——意識便沉入昏暗的海底。

「——矢野同學，再見了。」

*

——我戀愛了。

再過不久就是早上八點。

我從西荻北銀座街走向學校，一邊清楚感覺到胸中的熱流。

秋風輕輕撥弄著裙子與髮梢。我透過鞋底感受柏油路的起伏，快步前進。

就在昨天——矢野同學跟秋玻分手了。

他們不再是情侶，不是男女朋友，就只是普通的同班同學。

我大大地深呼吸，然後看向周圍。

穿著陌生制服的高中生走在路上，穿著西裝的大哥哥快步走過行人穿越道。喜歡的吐司專賣店開始飄散出烤小麥的香味，害我明明正準備去學校，卻想先去逛逛。

——起初，我嚇了一大跳。

完全不明白事情為什麼會變成那樣。

他們兩人至今仍喜歡著彼此。我確實有發動攻勢，卻沒想過他們會突然分手……

可是——我看到秋玻寫在日記上的話。她時隔數個月留給我的訊息讓我理解了。

——春珂，讓我們公平競爭吧。

我想到許多事情。為自己太過急躁而反省，也感到有些後悔。

秋玻昨天哭了整晚的事，我比任何人都清楚。

被淚水沾濕的枕頭、沒放唱片的安靜房間，以及沒動過就收進冰箱的晚餐，都讓我深深體認到她傷得有多深。

就算這樣……我還是一直夢想著。

夢想有一天，矢野同學能把我當成一個女孩子看待。

夢想有一天，我能成為一個跟秋玻對等的人。

所以我不會道歉。即使在日記上，我也連一句「對不起」都沒寫。

相對地，我只寫了這一句話——

——**我不會客氣的！**

秋玻的回覆也只有短短一句話。

——我也不會手下留情！

抬頭一看，眼前是無比遼闊的十月天空。

有如水彩畫的水藍色、慵懶地飄浮的雲、飛過天空的不知名小鳥——

——我想……

我現在的心情肯定就是別人口中「站上起跑點的心情」吧。

完全不被搭理的我終於頭一次站上起跑點了。

可是……我並不這麼想。

我現在所在的位置——是終點的前面。

只要再往前踏出一步，把衝刺帶扯斷就夠了。只需要這樣做，我就能得到他的心。

所以——我邁出腳步，為了盡早見到矢野同學。

也為了盡可能靠近感受他的存在——

＊

——然而……

就在星期一的早上。

我們——在起跑點大大地摔了一跤。

＊

「……矢野同學，早安。」

——早上，在開始變熱鬧的教室角落。

我緊張地向比平常晚到學校的他問好。

「你睡過頭了嗎……？畢竟今天早上挺冷的……」

手掌滿是汗水，顫抖的聲音差點就要破音。

就算這樣……我也要從這一刻開始重新建立我們的關係。

我希望這對我們來說是好的，也希望對矢野同學來說是幸福的——我對他露出最燦爛的笑容。

「那個，從今以後……也請你多多指教。不光是我，還有春珂……」

矢野同學緩緩轉過來。

眼睛看向站在他旁邊的我。

——直到這個時候……

「……矢野同學？」

我才總算發現他的情況不太對勁——

第十八章

Chapter.18

【我們踏上旅程的理由】

Bizarre Love Triangle

三角的距離無限趨近零

——在那之後，一個月過去了。

地點是早上的教室，現在是小班會的時間。

我望著在講台上說話的千代田老師，一邊回想秋玻那天說過的話。

『——我們分手吧。』

『——矢野同學，我希望你能好好審視自己的心情。』

『——謝謝你願意跟我交往。』

『——謝謝你那麼珍惜我。雖然時間很短暫，但我過得很幸福。』

我還以為自己會跟秋玻一直走下去。

我還以為我們會成為對彼此不可或缺的重要存在，沒想到會這麼輕易就分手。

戀愛果然無法盡如人意……

我一邊想著老生常談的人生教訓般的事，一邊輕輕嘆了口氣。

「——事情就是這樣，流感目前正在都內開始流行。」

在一如往常的光景中，千代田老師繼續說了下去。

「如果大家出現發燒或是身體不舒服的症狀，請務必盡快去醫院看病。還有，在日常生活中也要小心預防——」

千代田老師平靜的聲音；班上同學有如西洋棋子整齊排列的制服背影；殘留著粉筆灰的黑板、陳舊的桌子與印有指紋的窗戶玻璃，都沉浸在從窗外射入的淡淡陽光裡——

十一月，景色已經相當接近冬天了。

在越過校園看到的街景中，大地色系開始變得顯眼，各式毛衣也從學生們的制服底下跑了出來。毛線的厚度把大家的身形都變得圓滾滾，就像玩偶一樣引人微笑。

我隱約有種「回歸日常」的感覺。

跟秋玻交往的時間雖然不長，卻充滿著刺激，就像一場美夢。但美夢已經結束，我再次回到令人懷念的日常生活。

雖然這種生活很無聊，卻很平穩，讓我覺得這樣也不錯，輕輕嘆了口氣。

「……然後——」

千代田老師原本認真的表情，像是要給孩子一個驚喜的母親般變得溫和。

「差不多……該開始準備教育旅行了。」

「……喔喔喔！」「這一天終於來了～～！」

班上同學發出熱情的歡呼聲。

「今天第六節的全校集會將對全體學生說明這件事，大家記得到體育館集合喔。」

教室裡的竊竊私語越來越大聲。

班會明明還沒結束，就已經有學生開始閒聊了。

……教育旅行。

已經到這種季節了嗎？

文化祭的光景完全變成了過去式。在這一個月裡，當時的喧囂、熱情與新鮮感都已經離我們遠去，化為回憶中的一頁。

我們還能當二年級學生的期間只剩下不到半年。因為第三學期轉眼間就會結束，就實際感覺來說，就算說時間已經來到學年的後半段也不為過。

事實上，在宮前高中這所升學學校，一旦教育旅行結束，二年級生就正式進到決定志願的階段了。

要升學？還是要就職？

為了達成設定的目標，必須決定要讀文科還是理科的班級，還要選擇就讀特別升學班，或是普通班就好。

大家都得開始決定各自的志願。

換句話說——我們的悠閒高中生活只到教育旅行為止。

……不過，這個事實不知為何沒有令我感到焦慮，連一點真實感都沒有。

我事不關己地拄著臉，漠然看著班上同學。

「——矢……矢野同學！早安！」

千代田老師走出教室。就在教室裡的氣氛放鬆下來時，我聽到耳熟的聲音。

轉頭一看……春珂就站在我旁邊。

「哎呀～～天氣真的變冷了呢……雖然比我的故鄉好，但也是不太好受……」

「……是啊，確實如此。」

「嗯！在我的故鄉，到了這個季節，大家就會開始用暖爐了，所以這邊可能反而還比較冷呢……」

春珂邊說邊露出關心的笑容。

——自從文化祭那天以後，秋玻與春珂一直都是這樣。

也許是因為在意我，她們每天都會拚命跑來找我說話，話題總是「今天的天氣」或「最近發生的事情」這類無關緊要的小事。

「對……對了……！」

春珂一臉焦急地繼續說下去。

「教育旅行也快到了呢！我還是頭一次參加……」

「哦……這樣啊……」

「嗯！小學的時候，我們還不太習慣人格對調這件事……國中又經常在醫院……所以我很期待……」

……她還在替被秋玻甩掉的我擔心吧。

擔心我是不是還沒振作起來。

身為甩掉我的人與她的另一個人格，她們確實可能會在意這件事，也可能會感到罪惡感。

不過……我覺得她們有些太過擔心了。她們明明不需要那麼在意我。

此外……態度奇怪的不是只有她們兩人。

「──哈囉～～！春珂！矢野～～！」

「──早安。天氣變冷不少了呢。」

一男一女的聲音從我身後傳來。

回頭一看──原來是須藤與修司。

他們是我進到高中後才認識，之後便一直保持交情的朋友。

須藤臉上掛著一如往常的開朗笑容，修司則露出帶有一絲憂愁的平靜表情，他們分別找了附近的椅子坐下。

「你們在說什麼？是教育旅行的事情嗎？」

「是啊。因為我以前從來沒參加過教育旅行，很期待……」

「這樣啊，我想也是。」

修司點頭表示理解後，把臉轉過來。

「……這麼說來，矢野，你國中時代的教育旅行是去哪裡啊？我跟須藤讀的國中是到名古屋玩。」

……國中時代的教育旅行？

我到底去了什麼地方？我肯定有去過，而且應該留下不淺的印象才對。

可是，我一時之間想不出答案。

「……我到底去了哪裡……」

我怎麼都想不起來。

無論如何都想不起自己在短短幾年前去了哪裡。

正當我茫然追溯著記憶之絲時——

「……矢野今天好像還是一樣。」

修司露出苦笑。

春珂也無力地點點頭。

「嗯，已經維持一個月了……」

「……畢竟他遇到了那種事情嘛～～」

就連說出這句話的須藤也是一副努力維持開朗口氣的樣子。

……他們三個怎麼了？他們到底在說些什麼？

總覺得文化祭結束以後，他們像這樣說出讓我一頭霧水的話的情況好像變多了。

這肯定跟我和秋玻分手脫不了關係。

秋玻似乎把我們分手的事情與理由向須藤跟修司仔細說明過了。

這兩個傢伙都是徹頭徹尾的「好人」，在這種狀況下不可能不為我操心。

只不過，我不清楚他們口中的「還是一樣」或「程度不嚴重」這些話到底是什麼意思，但我也沒興趣特地去把這件事問個清楚。

「……呼……」

我輕輕嘆了口氣，轉頭看向窗外。

比起藍色更接近白色的天空飄著有如被撕成細絲的衛生紙的雲。

操場上一個人都沒有，只有變淡的跑道白色間隔線暴露在冰冷的冬天空氣中。

身旁的須藤等人壓低音量繼續交談。

「再觀察一陣子看看吧……」

「是啊……」

「矢野同學應該也很難過……」

這些話聽起來就像來自某個遙遠世界的聲音，讓我有種不可思議的心情。

……「應該也很難過」嗎？

大家真的都太愛操心了。

我已經沒事了。

畢竟在那之後已經過了一個月，我也不能一直消沉下去。

證據就是——我的心情如此平靜。

我甚至希望可以一直保持這樣，平靜地度過每一天。

*

「——今年也跟往年一樣，排定了三天兩夜的行程。」

教數學的秋山老師拿著資料，開始簡單扼要地說明。

「這三天會分別造訪大阪、京都與奈良。基本上會以班級為單位移動，到處參觀古蹟與文化遺產。」

所有二年級學生都擠在體育館裡。

身為今年的教育旅行負責人也許讓秋山老師鼓足了幹勁，站在講台上的他說起話來，就像是從西洋電影裡跑出來的嚴肅型菁英人士。有人說他想成為下一任學年主任，這個傳聞說不定是真的。

「只不過，因為我們每天都有安排自由活動時間，讓大家可以分組自由行動。不管是要逛街購物，還是參觀觀光勝地都行，你們就在當地自由享受旅行吧。」

然而，相較於認真嚴肅的秋山老師——聚集在台下的學生們似乎已經開始興奮難耐了。

「——這行程還真是平凡～～」

「——不過還是很讓人期待吧？我想去ＵＳＪ（註：日本環球影城）！」

「——不知道自由活動時間有多少……」

「——就是說啊～～古蹟不重要，我比較想去買東西～～」

大家議論紛紛。

因為這股熱度，讓寬廣的體育館內的空氣變得悶熱。

就連在我身邊，班上同學們興奮的閒聊聲也停不下來。

「……大致上就是這樣。」

該說明的事情似乎都說完了，秋山老師移開看著資料的視線，抬起頭來。

「旅行的概略說明到此結束，細節都有寫在這份資料上，請大家自行確認。然後……我們要利用剩下的時間進行分組。」

學生們發出「……喔～～」的感嘆聲。

原本那種浮躁的氣氛多了一絲緊張感。

「往年都是由同班的兩男兩女組成四人小組，但我們今年決定放寬規定。人數一樣是四人，但男女比例沒有限制。此外，也沒有班級的隔閡，大家可以自由找人。」

「喔喔……」這次大家發出開心的歡呼聲。

比起過去的教育旅行，今年的規定確實是大幅放寬了。

「……事情就是這樣，請大家立刻開始分組。一旦決定好成員，就填進剛才發下去的資料當中的申請書，交給小組成員的班導。」

聽完這些話——坐著的學生們趕緊站了起來。

大家都開始呼喊朋友，慌忙地在我眼前走來走去。

「——喂、喂，淳史！跟我一組吧！」

「——欸，小直！我在這裡！」

「——奇怪？平野跑去哪裡了？……請假？對方請假的話要怎麼辦啊！」

我也在原地慢慢起身，思考自己該怎麼做。

分組啊……換作是一個月以前的我，應該無論如何都想跟秋玻她們分到同一組吧。

可是在我們分手後，我已經沒理由那麼做了。

我並沒有特別想跟誰一組，也沒有特別想去的地方。

不管是誰都好，不知道有沒有人要來找我一組……

當我站在原地發呆時——秋玻從人群的另一邊小跑步靠了過來。

「……矢、矢野同學！」

她莫名慌張地在我面前停下腳步，緊張地看過來。

「矢野同學……你已經找好小組了嗎……？」

「……不，還沒有。」

「那、那麼……！」

然後她下定決心，探出身子這麼問：

「你、你要不要跟我們……我跟春珂……一組？我是說……如果你不嫌棄……」

這個提議真教人意外。

畢竟我們已經分手，沒想到她居然會來邀我……

她為什麼要刻意邀請我這個前男友？看來她果然太愛操心了。

不過，反正我也沒理由拒絕，能盡快決定小組反倒是件好事……

「……好啊，我願意。」

「真……真的嗎……！太好了……」

然後，秋玻深深地呼了口氣。

「我還以為你會拒絕呢……」

……為什麼她會鬆了口氣？

就立場來說，應該是她要拒絕跟我同組才對。

算了，這樣就算是先找到一位組員了。

「……喔！你們兩位果然要一組嗎？」

一道興奮的聲音從旁邊傳來。我轉頭一看，聲音的主人果然是須藤。

須藤頭上的雙馬尾跳個不停，臉頰也染成桃紅色，而修司則面帶苦笑站在她身後。

喜歡參加活動的須藤應該馬上就進入祭典模式了吧。

「嗯，就是妳說的那樣……」

「好耶好耶～～！那麼！你們要不要跟我們湊成一組！」

須藤一臉理所當然地如此提議。

「就由我們四個平常一起吃午飯的夥伴組成一組！雖然跟其他人一組也不錯，但跟熟悉的成員一起活動，還是最輕鬆的～～」

「是、是啊！我也覺得這樣不錯！」

秋玻也不斷點頭，對這個提議表示贊同。

「跟不熟的人在一起，我也會有點緊張……」

「我就說吧～～修司，你意下如何？雖然沒什麼新鮮感，你要不要跟他們一組？」

「嗯，這樣確實不錯。我沒意見。」

……嗯，看來事情應該就這樣決定了。

秋玻與春珂、須藤、修司，還有我。

雖然是司空見慣的組合，但這樣或許最省事。

我也沒特別想尋求刺激的經驗與新朋友，能平穩過活就是最好的事。

只不過，就平穩過活這點來說……

「——好，那我們就來填申請書吧。」

「——嗯，你們有帶筆嗎？可不可以借我用一下……？」

「——啊！我身上有筆。這個借妳用吧！」

我看向正在討論的秋玻、須藤與修司——

看著他們的側臉——我再次回想起過去發生的一切。

想起我剛認識秋玻與春珂時的事，還有須藤找我商量的事與修司的煩惱。

以及先前的文化祭，與當晚發生的事情。

然後——我極其自然地想起來了。

「……我們這群人身上真的發生了許多事。」

這半年內發生的事情多到一年級時無法比擬的地步。

尤其是——在戀愛這方面。

我本人被秋玻甩掉，春珂不久前也被我甩掉，而且眼前的修司向須藤告白，也被拒絕。

我們每個人都有戀愛方面的煩惱……

想到這裡，又想到我們依然打算一起行動，我就覺得不可思議。

「……這還真是一點都不平穩啊……」

——我沒有其他意思，就只是說出心中的感想。

我並沒有言外之意與其他目的，只是在無意識中說出浮現在腦海的想法。

——然而……

「……咦？」

「……啊……」

「！……」

眼前三人的表情明顯變僵硬。

原本和樂融融的氣氛瞬間凍結，變得莫名尷尬。

「……一點都不平穩……是嗎？」

須藤露出愁眉苦臉的表情，小聲地如此說道。

她偷偷瞥了修司一眼，難過地垂下視線。

「嗯，確實如此……可能真的是這樣吧……」

「……那……那個！」

修司慌張地叫了出來。

「你們不需要在意我！我說真的！我現在已經不會覺得那麼尷尬了！所以，就算我們一組，也不會有問題……」

——說到這裡，修司的語氣都還很堅定。

但當他看到秋玻時，便壓低了語氣。

「總之，我的事情不重要……不過我們之間確實發生了許多事情，我當然……願意重新考慮……」

「……咦！」

秋玻發出我從未聽過的叫聲。

「我……我也覺得……沒問題，可是……好像也不是真的沒有……」

秋玻說完這句話後——沉默便籠罩在我們頭上。

這時我才發現……自己可能多嘴了。

雖然沒看清楚現場的風向，我還是隱約察覺到搞砸事情時的尷尬感覺。我是不是犯錯了……

「抱、抱歉……我好像說錯話了……」

事到如今才說出這種話，現場氣氛當然毫無改變。

氣氛依舊低沉，每個人都想說些什麼，眼神四處游移。

就在這時——

「——啊～～找到了～～矢野同學～～」

「——啊，真的耶。喂～～」

——從對面傳來令人意想不到的兩道聲音。

所有人都驚訝地看了過去。

「咦～～你們該不會找好組員了吧～～？」

「咦，不會吧？已經確定了嗎？」

兩位女生——這麼說著，往這邊走過來。

其中一位是在文化祭的共同舞台活動負責壓軸的年輕背景音樂製作人，但現在只是一名文靜女高中生的Ｏｍｏｃｈｉ老師——菅原未玖同學。

另一位則是留著隨風搖擺的及肩黑髮，化了美妝的臉上掛著得意的笑容，我們二年四班的「顯眼系女生」代表人物——古暮千景同學。

她們兩人我都認識。

Ｏｍｏｃｈｉ老師……是擔任文化祭執行委員的我們費了最多力氣才邀請到的表演者。最後她似乎看上秋玻的聲音，特地寫了原創的新歌，讓舞台活動大獲成功。

而古暮同學則一直是班上充滿存在感的上流階級女生。她在文化祭的活躍表現，我至今記憶猶新。而且我還有個祕密，那就是我曾親眼目睹古暮同學被修司甩掉的現場。

這個出人意料的組合令我感到困惑。

「……不，姑且算是還沒決定吧。」

同時我如此回答。

「真的嗎～～？太好了～～」

「我們也沒有其他人選，這真是幫了大忙呢。」

她們兩人都露出鬆了口氣的表情。

然後，Omochi老師就這樣用放鬆的表情看過來。

「那麼，矢野同學——你就跟我們一組吧～～」

「……咦？」

「我是說，我要你跟我和千景一組，一起參加教育旅行啦～～！」

「——妳……妳說什麼！」

在後面聽我們講話的秋玻驚訝地叫了出來。

修司與須藤似乎也很驚訝，呆呆地看著我們。

而我這個被邀請的當事人——也是感到一頭霧水。

Omochi老師要跟我一起參加教育旅行……？雖然我們有過那麼多交流，已經可以算是朋友了，不過，我實在沒想到她會在這種情況下來邀請我……

而且……為什麼連古暮同學都來了？

她們兩個居然認識，這種事我根本沒聽說過。

因為她們的個性完全不同，看起來也不像朋友……

「……奇怪？我沒跟你說過嗎？」

也許是注意到我露出不可思議的表情，「嗯？」古暮同學疑惑地歪著頭。

「我跟末玖是表姊妹喔。」

「……原來是這樣啊。」

「沒錯沒錯。我們家又住得近～所以從小就很要好。Ｏｍｏｃｈｉ這個名字其實也是千景取的。」

……我完全不知道這件事。

因為姓氏與氣質完全不同，我沒想到她們居然有這種關係。經她們這麼一說，我才發現她們長得有點像。

「……話說，矢野同學，文化祭已經結束了，請不要對我用敬語～我們現在只是普通的同學關係。」

「是、是喔……」

「啊，順帶一提，我說的敬語不算數喔～因為我這樣說話是個性使然～」

「……原……原來如此。」

Omochi老師還是一樣我行我素。

「……然後，因為未玖不喜歡學校，過去很少來上學。」

古暮同學重新展開話題。

確實如此，大家明明都是二年級學生，直到為了準備文化祭登門拜訪前，我從未在學校見過Omochi老師。雖然一個年級有大約兩百位女學生，也很少會有完全沒見過面的人。

「以這次的文化祭為契機，她才重新開始上學。」

「這一切都是矢野同學與秋玻的功勞～」

Omochi老師露出燦爛的笑容。

「經過那場表演後，班上女生經常跑來找我說話～我現在可是班上的大紅人呢～真是太感動了～」

「雖然經過我努力勸說，未玖決定參加這次的教育旅行，但小組成員是個問題。跟不熟的人一起行動，對她來說是種煎熬。」

這也是理所當然的事。直到前陣子都沒來上學的人，突然就要跟不認識的學生去教育旅行，實在是有些難度。

「於是～～我跟千景商量了一下，決定邀請我們都認識的人，也就是你。」

「沒錯沒錯……而且我從以前就想找機會跟你聊聊了。」

想跟我聊聊？她到底想聊什麼……

難不成她想打聽跟修司有關的事……

「……你意下如何？」

古暮同學再次探頭看向我的臉。

「矢野，你願意跟我們一組嗎？」

稍微想了一下後……我向她們點了點頭。

「……嗯，我是沒問題啦。」

我覺得這樣也不錯。

最近同樣成員聚在一起的次數太多了，而且還有剛才的失言風波。跟她們兩個一起行動比較有新鮮感，或許是個好選擇。至少我們聊得起來，感覺反而會比較輕鬆。

「真的嗎～～真是太感謝你了～～！」

Omochi老師露出有些稚氣的笑容。

「太好了呢。這樣就找到一個了。」

「是啊～～」

Omochi老師一臉歡喜。

不過，她又看向秋玻、須藤與修司那邊。

「……雖然你說沒問題，但這樣真的沒問題嗎～？在我們過來以前，你們好像已經決定一組了，不是嗎～？」

仔細一看——他們三個似乎都大受打擊，露出被人毀約般的悲傷表情看著我們。從這個情況看來，我或許確實算是背叛了他們吧……

「如果是這樣，我也不好意思從旁搶人——」

「——不可能啦！」

古暮同學突然笑了出來。

「不可能有那種事吧～矢野跟秋玻不是已經分手了嗎？這件事情早就在班上傳開了。」

「嗯、嗯……」

她用毫無顧慮的眼神看過來，我只能怯怯地表示贊同。

「我就說吧？不會有人才剛分手，就想跟前女友或前男友一起參加教育旅行吧～～那未免也太扯了～～」

「……嗚！」

彷彿被人戳到痛處，秋玻叫了出來。

「還想待在甩掉自己的前女友身邊的男生，只是不乾不脆的笨蛋。硬要把甩掉的前男友留在身旁的女生，則是壞心眼的小惡魔。」

「……嗚嗚嗚……」

「再說——」

古暮同學還沒說完。她這次轉頭看向修司與須藤。

「廣尾、須藤，你們不介意把矢野讓給我們吧？你們無論如何都想跟他一組嗎？」

「……呃，不，我們並沒有那麼堅持。」

修司難得說起話來吞吞吐吐。

「不過，我還是覺得……有點突然，嚇了一跳……」

看到他的臉，古暮同學有一瞬間露出不可思議的表情。

然後，她定睛注視修司。

「……啊哈哈，你不要露出那種表情啦。」

接著突然恍然大悟似的，用雲淡風輕的聲音笑了出來。

然後——

「我已經沒把被你甩掉的事情放在心上了！」

——聽到這句話，修司露出驚訝的表情。

這個「被甩掉」的宣言實在太毫無保留了——

「那都是幾個月前的事了吧！我可不是那種一直放不下過去的沉重女人！」

「……這、這樣啊。那就好……」

「——可……可是！」

緊接著開口的人——是秋玻。

她應該不擅長跟古暮同學這種女生說話，表情看起來非常拚命。

「這樣你們人數不夠吧？小組至少要有四個人不是嗎？古暮同學、Ｏｍｏｃｈｉ老師、矢野同學……還差一個。」

確實是這樣沒錯。

秋山老師曾經提到小組的最低條件，也就是至少要有四名組員，而這個小組並沒有滿足條件。

「所、所以……」

秋玻緊張地小聲呢喃，不知道在說些什麼。

「你、你們不介意的話……我可以……——」

「——的確，我們還差一個人～～還得繼續拉人才行……」

古暮同學似乎沒聽到秋玻的聲音，往我這邊看了過來。

「對了，矢野，你有其他可以邀請的熟人嗎？像是好朋友之類的。」

「好朋友啊……」

我反射性地開始在腦海中找尋熟人。

目標是跟我有交情的同年級學生……

然後，我想到一個人，很自然地說出他的名字。

「……大概就細野吧。」

嗯……也就只有他了。

說到人不在這裡，又跟我最親近的人，我只能想到那傢伙了。

「細野……？沒聽說過。他是別班的人嗎？」

「嗯，是這樣沒錯……」

說完，我環視周圍。

「啊，找到了……」

在視野的角落，也就是體育館中央附近，我發現一名正在環視周圍、到處走動的男生。

那種亂翹的頭髮與挺直的背脊……毫無疑問就是細野。柊同學也在旁邊。

他們似乎也跟我們一樣，正忙著找尋組員。

「哦～就是他啊……」

古暮同學像是發現獵物的肉食動物般瞇細眼睛。

「那男生看起來不太好相處。」

「不，他不是什麼難相處的人。他經常跟我聊書……是個很好的人……」

「哦～原來如此……我明白了！你們等我一下。」

丟下這句話後，古暮同學就大步走向細野。

然後跟他們說了幾句話——就突然緊緊抓住細野的手臂，把他拉了過來。

「——任務成功～～！這樣我們就有四個人了～～！小組成立！」

「妳想做什麼……！這是怎麼回事！」

「等、等一下，細、細野同學……！」

細野因為突如其來的狀況而驚訝不已，柊同學則是畏畏縮縮地跟在後面。

可是，古暮同學看起來一點都不在意。

「簡單來說，就是你要跟我們一組，加入我、未玖和矢野同學的小組。」

「咦……妳說什麼……！」

「我叫古暮千景，她是我的表姊妹，名叫萱原未玖。」

「很高興認識你～我目前正以Omochi這個藝名玩音樂～～請多指教～～」

「請……請多指教……」

兩人散發出的迫力，讓細野只能結結巴巴地如此回答。

Omochi老師與古暮同學似乎把這句話當成許諾，妳一句「順利找到人了～～」、我一句「真是太好了呢」，開始互相慶賀起來。

——這未免太強硬了吧。

不知道該說她們天真無邪，還是膽大包天……所以細野也無法反駁，只能呆呆地望著她們。

不過——也有人明確對此表現出不滿。

「……」

——那個人就是柊同學。

她悲傷地皺起眉頭，默默瞪著她們兩人。

「……嗯？」

Omochi老師率先發現這件事。

「……啊，好久不見。妳是在共同舞台活動時負責寫人偶戲劇本的人吧～～？」

「對……」

「難道說……妳是細野同學的女朋友～～？」

「……是的……」

雖然很小聲，柊同學還是用明確的語氣如此回答。

「他本來是要跟我一組的……」

她難得語帶怒氣。

話語中的意思似乎也明確傳達給她們了。

「啊～～對不起～～我們搶了妳的男友……」

「咦？原來他有女朋友嗎～～真是抱歉！」

Ｏｍｏｃｈｉ老師和古暮同學異口同聲地開始道歉。

「我真的不知道這件事～～我沒有惡意～～」

「因為我們急著找人，真的很對不起。」

「……既然這樣，那就沒辦法了。」

也許是沒料想到她們會有這種反應，柊同學的表情緩和下來。

連在這種時候都無法澈底動怒，實在很符合個性文靜的柊同學的風格。

不過——Ｏｍｏｃｈｉ老師和古暮同學似乎也無意讓出細野，迅速收起剛才的客氣態度，開始與柊同學進行交涉。

「不過，我們只想隨便走走逛逛，並不打算獨占妳的男朋友，我們可以當天在現場會合啊。」

「反正也沒有硬性規定只能跟自己的組員在一起～～」

「……唔、嗯～～」

「妳就當作是在幫助這個自閉音樂宅吧！要是錯過這傢伙，我就再也找不到其他組員了！」

「拜託妳了～～除了矢野同學之外，我就沒有其他朋友了。要是被細野同學拒絕，我會很傷腦筋～～」

「是、是這樣嗎……？那、那就……」

——因為屈服於她們兩個的苦苦哀求，個性溫柔的柊同學無法澈底拒絕。

結果事情還是照著Ｏｍｏｃｈｉ老師和古暮同學的意思進行了。

於是——

——古暮、Ｏｍｏｃｈｉ、細野、矢野。

——秋玻與春珂、須藤、修司、時子。

我們決定分成這兩個奇怪的小組，參加這次的教育旅行——

＊＊＊

「——好，須藤和柊同學都到了……水瀨同學，妳現在是哪一邊？」

「啊，我是春珂……」

「好的，春珂。這樣就全員到齊了。」

修司同學坐在對面的座位，眼光從我們身上掃過。

「那……我們開始吧。」

——現在是利用第六節課召開的班會。

正如修司同學所說，我們這一組的成員正併桌聚在一起開會。

成員有伊津佳、時子、修司同學——還有我。

身為組長的修司同學拿起筆，翻開筆記本。

「這次是大阪、京都、奈良的三天旅行……我希望在今天內就決定大致行程——」

——自從決定組員後，正好過了一個星期。

而今天離旅行當天還有三個星期。我們正在決定該怎麼安排校方給學生參觀城鎮的

自由行動時間。

直到不久前，我都覺得這件事還很遙遠，但最近班上越來越多人討論教育旅行的事情，那種興奮難耐的氣氛讓我也開始有「快要去旅行了～……」的切身感受。

只是——

「很好！那我們就趕快決定吧！」

「嗯，希望能完成不錯的路線……！」

伊津佳與時子興奮地說著。

相較於看起來相當開心的她們——我則是感到有些不安。

「……嗯，拜託大家了……」

……沒想到居然會和矢野同學分到不同的小組。

在教育旅行這個重要活動，我們居然沒辦法在一起……

因為一直都很期待，才會讓我感到非常遺憾，而且他現在又「有點不對勁」。要我放著這樣的矢野同學不管，自己跑去參加旅行，實在很令人擔心。

要是在當初分組的時候，秋玻可以再稍微強勢點就好了。不過，以她身為前女友的立場，可能有些難以啟齒吧……

「……嗯～～……」

我斜眼看向走廊旁邊的座位，矢野同學正和古暮同學、Ｏｍｏｃｈｉ老師和細野同學圍著桌子。

「那～～麼！大家想去哪裡呢～～！」

「我想吃很多美食～～」

「我、我想去哲學之道走走……！」

他們正開心地討論著。

雖然剛開始的時候大家都不熟，相處起來有些尷尬，但他們似乎意外地有些意氣相投的地方，最近已經打成一片，忙著準備旅行的計畫。

那副光景讓現在的我悔恨不已……

「……雖說要事先決定參觀路線，可是……」

有別於我灰暗的心情，修司同學順利地主持著會議。

「我基本上還是會把行程排得比較鬆吧。菅原同學與古暮同學說得沒錯，到時候再看情況改變行程也是不錯的做法。我們不用為此太費心，挑幾個想去的地方就好……」

嗯，這樣安排對我來說也是好事。如果有空閒時間，我或許就有機會跟矢野同學他們會合……

我身旁的時子也點頭如搗蒜。

「是啊，希望這會是一趟悠閒的旅行……就算把行程塞滿，也只會讓人覺得很累……而且我也想去找細野同學……」

確實如此。一直跟男朋友分開行動，她應該會覺得很寂寞。至少得安排能讓他們兩人不時碰面的行程，這樣我也能得到機會，可以說是雙贏。

——然而……

「——咦，你們在說什麼傻話啊！」

伊津佳推開椅子猛然起身。

「你們太天真了！這可是一輩子只有一次的高中教育旅行耶！當然要費盡心思挑選想去的景點……排出最完美的行程不是嗎！」

然後她把手伸進書包。

「我已經做過事前調查了！」

說出這樣的宣言後——她把某些東西重重放到桌上。

《古都之旅　京都、奈良篇》。

《大阪完全攻略！絕對要去的五十個景點》。

《週末旅行　關西》。

《這輩子必看！日本風景／西日本》。

——都是旅遊書。

十本左右的旅遊書堆成一座小山。

上面還貼著許多便條紙——

「咦？這是……」

我拿起其中幾本，隨便翻了幾頁。

看來伊津佳把感興趣的頁面和想去的地方全都貼上便條紙了。

而且便條紙上還寫著備註。

「這些全都是……妳為了教育旅行準備的嗎？在這短短一個星期？」

「那還用說！」

伊津佳得意地雙手扠腰，用鼻子哼了幾聲。

「為了盡全力享受這個重要活動，我從上週就開始展開調查了！」

「調、調查……」

她居然這麼認真調查，還買了這麼多書……！這些書每一本都不便宜吧……！

還有，她貼了這麼多便條紙，我覺得應該不可能把那些景點全都逛完……光是要事

先調查應該都很不容易了吧……？

然而，被嚇到的人似乎只有我。

「……又來了嗎？」

修司從書堆裡拿出幾本旅遊書，露出苦笑。

就連旁邊的時子都說：

「我就知道事情會變成這樣……」

「什、什麼意思……？」

……我完全聽不懂他們在說什麼。「又」是表示以前也發生過這種事嗎？

「……啊，抱歉抱歉。妳嚇到了吧？其實須藤是個旅行狂。」

修司同學輕輕揮了揮手，一副彷彿是他害我嚇到的樣子。

「不，與其說是旅行狂，應該說她是旅行準備狂比較正確……」

「去年參加遠足活動的時候，她也很厲害呢……」

時子瞇起眼睛，繼續說下去。

「伊津佳調查得太過詳細，結果變成比導遊還要熟悉當地……不過也是拜她所賜，

那次遠足我玩得非常開心……」

「哦、哦……原來是這樣啊……」

原來伊津佳還有這樣的一面。

她平時明明是個隨性的人，沒想到居然會這麼細心地為旅行做準備……

可是……對了，我記得矢野同學好像曾經說過，伊津佳在遠足活動中非常興奮，以及她在行前準備時看起來比遠足當天更開心的事……

「……事情就是這樣。」

伊津佳用拳頭捶了捶自己的胸膛，向總算搞清楚狀況的我如此保證。

「春珂，我絕對會帶給你們一場愉快的教育旅行——妳儘管放心交給我吧！」

老實說，她的宣言讓我有些困擾。

對於在意矢野同學的我來說，這個宣言應該會讓我感到苦惱……

「……嗯，謝謝妳。」

不知為何——

我發現愉快的情緒開始湧上心頭。

「讓我們一起來場快樂的旅行吧……！」

「嗯，說得好！就是要有這種幹勁！」

伊津佳露出心滿意足的燦爛笑容。

「雖然有些事情無法盡如人意——但還是笑著過活比較好！這樣才會為自己帶來幸

福！」

——聽到這句話，我才終於明白。

伊津佳早就發現我心中的不安了。

而且就算在這種情況下，她也想取悅這樣的我——

「……嗯，妳說得對。」

我點了點頭，也換個想法。

我對大家太失禮了。

伊津佳、時子和修司同學也是我重要的朋友。

和這些朋友一起去旅行，如果沒有玩得開心點，損失就大了。

所以……為了盡情享受這趟旅行，從現在開始我要積極努力才行！

「……好啦，所以——」

說完，伊津佳輪流看向我們。

「我們就來實際想想該去哪裡吧！……啊，如果大家事前就有『我想來趟這種旅行！』這類的想法，請務必告訴我！機會難得，我想安排能夠滿足所有人的路線。我會盡量把大家的要求都排進去！」

啊，原來可以提出要求嗎！

我還以為全部行程都是由伊津佳決定……

不過，如果可以，我當然要說出自己的要求！

「啊，那麼……」

我畏畏縮縮地舉起手。

「那個，我還是希望行程當中留有空檔……畢竟大家當天的心情有可能會改變不是嗎？所以，我覺得安排一個可以臨機應變的行程，就能在時間上與心情上都保有轉圜的空間……」

沒錯，只要設法兩者兼顧就行了。

伊津佳的堅持，以及我的願望。

我們要制定出能夠完美結合這兩項的旅行計畫——

如果有辦法完成這種計畫，肯定會是一趟大家都滿意的完美教育旅行……

時子應該也能得到與細野同學相處的時間……！

也許是感受到我心中的期盼，伊津佳使勁點點頭，大大地吸了口氣。

然後——她斬釘截鐵地如此斷言：

「——那種行程當然不行！」

「……咦咦咦咦咦咦！」

＊

「——呼……」

洗完澡從浴室出來，稍微保養一下肌膚並吹乾頭髮後，我坐在客廳的沙發上。

整個人躺進柔軟的坐墊中。

發燙的手腳上粗糙的感觸十分舒服。

電視上播著沒人看的綜藝節目，媽媽正在廚房裡洗東西。

客廳裡的聲響似乎讓她注意到我洗好澡了。

「……哎呀，秋玻，妳洗好了嗎？」

媽媽邊說邊從廚房探出頭。

「嗯，我剛出來。」

「要喝點什麼嗎？」

「不，不用了。謝謝。」

我面帶笑容如此回答，拿起智慧型手機，再次確認在那之後花了兩星期才總算決定好的旅行計畫。

——伊津佳想澈底塞滿行程，而我、春珂與時子則想保留空檔。

我們不斷協調，最後好不容易完成了一個滿足雙方願望的折衷方案。

雖然有些失禮，我躺在沙發上思考。

大阪、京都與奈良的三天兩夜旅行。

仔細想想，這是我有生以來第二次前往東京以西的地方。大阪是第一次去，京都是許多小說的背景舞台，一直是我憧憬的地方，也有許多我想去的景點。

——不過，最重要的地方……

其實是第三天要去的奈良縣——

我看著這份行程表，輕輕吐了口氣。

其實我以前去過奈良一次。

我是在春珂還沒誕生以前，小學低年級的時候，跟「父親」兩個人一起去的——

當時的事情，我只有片斷的回憶。

眼裡看到的色彩、風的氣味，以及父親愉快的模樣。

還有他曾經說過的話——

我一直想著，總有一天一定要回到那個地方看看。回到那個跟父親一起走過的街道，以及那個地方——

這次旅行有許多令人期待的事情。矢野同學、第一次跟大家一起出遠門、憧憬的地方……這一切都讓我滿懷期待。

不過，其中——又以去奈良這件事讓我懷有不一樣的期待。

我無數次在腦海回想那天的記憶——

「——啊啊啊啊！我還是很擔心啊！」

——爸爸的叫聲打斷了我感傷的追憶。

「三天兩夜……天曉得會發生什麼事啊！希望一切都能平安……」

回頭一看——他就跟往常一樣，在餐桌配著小菜喝啤酒。

「你放心。」

我忍不住笑了出來，向爸爸如此說道：

「我今年十七歲，已經是會跟朋友一起去旅行的年紀了。只是去參加教育旅行，根本沒什麼好擔心的。」

「可是，就算妳這麼說，我也……」

爸爸縮起跟山男（註：一種日本妖怪）一樣的巨大身軀，忸忸怩怩地小聲呢喃。

雖然他外表給人一種豪邁的感覺，實際上也是一個性情豪邁的人，但只要扯到我們的事情，就會變得莫名愛操心。

不過，或許每個有這種年紀的女兒的父親都是這樣吧。

「……真是的，不用這麼擔心孩子啦。」

媽媽似乎終於洗好東西，從廚房走出來，一邊在桌子旁邊坐下一邊苦笑。

「要是聽到那種話，這些孩子也會有所顧慮吧？」

「實、實春，居然連妳都這麼說……」

——爸爸至今依然習慣直呼媽媽的名字，那個跟春珂一樣有個「春」字的名字。

我從小就很喜歡這個聽起來很柔和的名字，才會幫在自己心中誕生的那孩子取名為「春珂」。

「這樣啊，嗯……那我就不多嘴了……」

爸爸露出有種悲壯感的表情。

「至少……要每天跟家裡聯絡喔。」

「……是是是，我知道了。」

我再次笑了出來，同時起身走向自己的房間。

＊

——回到房間。

我——看向擺在書桌上的筆記本。

那是一本封面寫著「交換日記」，設計充滿奇幻風格的筆記本。

自從春珂向矢野同學告白後，就再也沒人碰過那本筆記本——

我在椅子上坐下——打開桌上的檯燈，接著翻開筆記本。

上面寫著春珂圓滾滾的字——

11月20日（二）　春珂

哇～～不知道我有多久沒在這裡寫上新的日期了……

上一次好像是暑假以前了……？

總覺得有點緊張呢……

不過，因為有事情想跟妳商量，我還是久違地寫了這篇文章……

——回到家後，當我看到桌上擺著這本日記時，立刻心頭一驚。

這是春珂留給我的訊息。

我馬上就明白這個事實，把書包丟到床上，慌張地翻開筆記本。

上面寫著——春珂要找我商量的事情。

內容當然跟矢野同學有關。

春珂寫下了這些話。

——矢野同學最近不是一直都心不在焉嗎……？

自從跟妳分手後，他一直都在發呆，一副腦袋轉不過來的樣子……

他變得跟以前完全不一樣了……

——心不在焉。

沒錯，我覺得這樣形容非常正確。

文化祭隔天以後——他一直處於這種心不在焉的狀態。

就算跟他說話，他也不會有太大的反應。課堂上被老師點到的時候，他也沒辦法好好回答問題。頭髮凌亂不堪，儀容也有些邋遢……

他給人一種很明顯——心不在焉的感覺。

對於跟我分手的事情，他總是一副無所謂的表情。決定旅行分組的時候，他也輕易說出讓大家都感到尷尬的話，讓我不由得整個人愣住。換作是以前的矢野同學，一定會顧慮到大家的心情，絕對不會說出那種話才對。

而最麻煩的地方——就是他本人似乎完全不覺得自己不太對勁。

即使大家都在擔心他，他也是一副完全聽不懂我們在說什麼的表情……

——就連周圍的學生都開始注意到矢野同學變得不太對勁了。

每個人的反應都不太一樣。

知道事情的來龍去脈後，修司同學非常擔心矢野同學，伊津佳則說出「如果是被女朋友甩掉，會變成這樣也很正常。」「以矢野來說，我覺得他已經算是很能承受打擊了吧」這種話。

她說的或許沒錯。

如果被自己的情人甩掉，就算變成那樣也不奇怪，或許我不需要那麼擔心。

可是……我還是會感到自責。

更重要的是，我擔心矢野同學，心情實在無法保持平靜。

所以——

——這次的教育旅行，我們來讓矢野同學恢復正常吧……！

春珂的這個提議——讓我心頭一凜。

——這只是我的猜測……我覺得他會變成這樣，都是我們的錯……

矢野同學會變成這樣……

一定是因為我做了許多動搖你們感情的事，害妳跟他分手……

所以，我想在這次的教育旅行中做些努力，看看能不能讓他清醒過來……

如果要讓他在我們之中選一個，就非得這麼做……

畢竟我沒有太多時間……

秋玻，妳怎麼想……？

可以的話，我想努力試試看，妳呢……？

……原來春珂也是這麼想的。

她居然說矢野同學會變成現在這樣都是她的錯……

而且——

——畢竟我沒有太多時間……

我重新看向這句話，拿著筆記本的手指開始顫抖。
沒錯——我們是有時間限制的。
雙重人格總有一天會結束，春珂遲早會消失不見，這是我們無法逃離的時間限制。
雖然這方面當然是因為責任感，但更重要的是我們沒有太多時間了。
既然如此，事情就跟春珂說的一樣——我們必須在近期把這種狀況做個了結。
我早就做好付出這種努力的覺悟，才會下定決心跟矢野同學分手。
——我大大地深呼吸，拿起筆架上的自動鉛筆。
久違地在那本筆記本上寫下日期。

——十一月二十一日星期三　秋玻

然後，我緊接著寫下要給春珂的訊息。

——好久沒寫了。我好像也有點緊張呢。

春珂，我贊成妳的提議。

這次的教育旅行，我們就一起努力看看吧——

第十九章
Chapter.19

【梅田迷宮殉情記】第一天（白天）

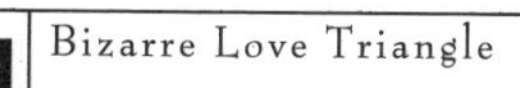

水瀨：『我們要搭新幹線了～～！』

——今天是教育旅行當天，時間是上午九點以前。

新幹線伴隨著巨大的聲響駛進月台，我在家人的LINE群組中發送訊息，告訴他們我要出發了。

水瀨：『到了大阪後，我會再跟你們聯絡！我好期待～～！』

幾乎在同一時間，這個訊息旁邊就多了一個「已讀」。

之後過沒多久，又多了另一個「已讀」。

水瀨實春：『路上小心，好好去玩吧。順便幫我跟秋玻問好（笑臉貼圖）。』

然後媽媽就發了訊息。

我看著她的訊息——再次感到興奮。

終於……這一天終於來了……！

我有生以來第一次參加的學校活動，馬上就要開始了！

——十一月下旬。

最近的風已經變得相當寒冷。

就算穿著大衣，早上與傍晚仍然讓人冷得發抖，熱味噌湯也變得非常好喝。

可是，今天是個大晴天。陽光是柔和的奶油色，空氣也帶有暖意。早上看電視的時候，負責播報氣象的大叔也一臉開心地說：「今天會是風光明媚的好天氣。」

拜此所賜，我的心情好到有種想要跳舞的衝動。

興奮難耐的人當然不是只有我。

周圍的同年級學生也從一大早就情緒高昂，到處都不時傳出響亮的笑聲與歡呼聲。

「——糟糕，我忘記帶充電器了！」

「——哈哈哈！你可以打電話叫媽媽幫你拿過來！」

「——我好像是頭一次搭新幹線呢～～！」

嗯～～我好像太過期待，忍不住開始緊張了……！

希望這會是一趟愉快的旅行……

智慧型手機再次震動。解除休眠模式後——螢幕上顯示爸爸發出的超長訊息。

岳夫：『飲料買好了嗎？去過廁所了嗎？要是發生什麼事就馬上聯絡我喔。我今天醫院那邊正好休假，隨時都能趕過去妳那邊。只要搭飛機，應該用不了多少時間。要是遇到什麼麻煩，一定要跟爸爸商量喔。還有，平安回家當然最重要，但累積各種經驗也很重要。歷史悠久的古蹟當然要去參觀，但跟住在不同土地上的居民交流——』

「——好啦～～大家準備上車！」

我還沒讀完訊息，千代田老師就大喊。

「先排好隊，等車門一開就前進吧～～！」

我連忙抬起頭，發現月台的門已經打開，一時之間慌了手腳。

「春珂，妳在發什麼呆啊！又不是矢野！」

說完，伊津佳拉住我的制服袖子。

「快，車門開了！上車吧！」

「好……好的……！」

我點了點頭，迅速在ＬＩＮＥ發出「我要出發了！」的訊息，接著把智慧型手機放進口袋。爸爸，對不起，我等一下就會把訊息看完……！

我一邊轉向打開的車門，一邊偷偷觀察周圍。

然後——我發現了。

在月台另一邊，有一組人馬正準備從隔壁的車門搭上列車。

那是Ｏｍｏｃｈｉ老師、古暮同學、細野同學與……矢野同學。

再次確認過他們與我們的位置後，我微微一笑。

嗯，目前一切還算順利……

那個車門與我們面前的車門都通往同一個車廂。

照這樣下去，我們必然會在車廂中間一帶撞見對方。

如此一來——剩下的事就很好處理了。

我只需要很自然地坐在矢野同學旁邊就行了……

這樣我就能在從東京到大阪的兩個半小時行程裡，跟矢野同學並肩而坐……

真是太好了。我努力把大家誘導到這個乘車口並沒有白費力氣——

——這是由我發起的「矢野同學復原作戰」。

這場為了在這趟教育旅行中讓矢野同學清醒過來而發起的作戰，在取得秋玻的贊同後，目前正火熱進行中。從今天開始的這三天，我們要澈底利用名為「旅行」的特殊情況，不擇手段地讓矢野同學重新回神。

作戰一共分成三個階段，由秋玻負責制定計畫。

1. 縮短矢野同學跟我們之間的距離。
2. 找出矢野同學變得反常的原因。
3. 排除原因，解決問題。

首先是第一階段「縮短跟矢野同學之間的距離」。自從文化祭那天以後，矢野同學跟我們之間的距離就變疏遠了。不但聊天的時間跟在一起的時間變短，就連在情感上的距離也變遠了……

所以，我要先——縮短物理層面的距離，盡量待在他身邊。

然後進一步展開行動……「就算時間不長也要跟他牽手」。這就是第一天的目標。

雖然難度相當高……如果要在這三天解決問題，就非得這麼努力不可！

接著是第二階段「找出矢野同學變得反常的原因」。

被秋玻甩掉這件事，毫無疑問就是讓他變成這樣的原因。可是，原因真的只有這樣嗎……如果只有這樣，又是什麼讓他改變想法，害他魂不守舍呢？找出其中的原因，就是我們第二天的目標。

到底該怎麼達成這個目標……我想只能問他本人了吧？

我想觀察他今天的狀況，然後思考一個更具體的做法。

至於最後的第三階段，就不用多說了。

那就是在最後一天解決問題，讓矢野同學清醒過來。

我們要把因為我們而改變的他變回以前那個心思細膩、溫柔體貼的男生——

……嗯，仔細想想就會發現這是個急就章的計畫，讓我懷疑計畫到底能否順利進行，心中不免感到不安。

而且我並沒有把這次的「矢野同學復原」計畫告訴其他人。

因為這是我們兩個該負責去做的事，我不想牽連大家……可以的話，我希望他們正常地享受這趟教育旅行。

雖然我並不打算特別隱瞞，但我會盡量正常地享受這次的教育旅行，同時找機會推動這個計畫。

……哎，不管怎樣，我要先完成第一天的目標，也就是「跟矢野同學牽手」！

為了不在第一步就跌倒，我必須盡量待在他身邊……！

「好，出發吧……」

於是，我小聲鼓舞自己，同時踏進車廂。

＊

「——哇～～是水瀨小組的人耶～～」

「喔～～須藤他們來了嗎？」

「哈囉～～古暮同學！Ｏｍｏｃｈｉ老師！」

我們搭上列車。帶頭的伊津佳走到車廂中間一帶時，果然注意到從對面過來的Ｏｍｏｃｈｉ小組了。

她們一邊走向彼此一邊互相揮手。

伊津佳似乎在不知不覺中也跟Ｏｍｏｃｈｉ老師混熟了。

「妳們那邊如何～～？已經跟細野變熟了嗎？」

「是啊，託妳的福，我們的關係變好很多了～～」

「話說，這傢伙未免太喜歡矢野了吧？是個值得捉弄的傢伙呢！」

「……！才、才沒有那種事……！」

細野同學慌了起來。可是，那種反應似乎戳中古暮同學的笑點。

「不不不，你的反應也太老梗了吧！又不是戀愛中的少女！」

她大聲笑了出來。

然後——

「好啦～～大家坐吧～～！」

我們在車廂中央會合後，在古暮同學的號令下，大家都開始東張西望找尋座位。

順帶一提，比較大的行李已經事先送到今天要住的飯店了。

因為身上只帶著小型的包包，行動起來很方便。

換句話說——我可以先看準矢野同學要坐的位子，然後立刻衝到旁邊。

到底該坐在哪裡才好呢～～……我一邊表現出猶豫不決的樣子，一邊暗中觀察矢野同學的動向。

就在這時……矢野同學沒有多想，就坐在列車前進方向左側靠海的座位上。

——很好，就是那裡！

其他人都還在慢慢找位子，看來我可以比預料中還要輕易搶到座位。

說不定第一天的目標意外地容易完成呢……！

我鑽過古暮同學與Ｏｍｏｃｈｉ老師之間，衝向他身邊。

「嗨、嗨，矢野同學……」

「喔，春珂……」

「我……我可以坐在你旁邊嗎……」

「……嗯。」

他還是一樣魂不守舍──我在旁邊坐了下來。

椅墊的柔軟感觸從背後傳來，矢野同學就在我左邊幾十公分的地方……

太好了，進展很順利……！我得到他旁邊的座位了！有一個好的開始，實在令人開心……！

懷著愉悅的心情，我偷偷看向矢野同學。

他頭髮凌亂，眼神迷茫。雖然五官跟過去一樣平凡，卻非常精緻……看了果然還是會讓我心跳加速……

……看樣子，我該不會可以順勢牽到他的手吧？

只要非常自然地握住他的手，說不定他會意外地輕易接受……！

……好，就試試看吧！

我要順著這股氣勢，一口氣達成第一天的目標！

屏住氣息下定決心後……我悄悄伸出手。

因為不知道何時會碰到而緊張的同時，我慢慢把手伸向他。

指尖離開我的座位，進入矢野同學的領域，然後伸向他擺在腿上的手——

「——春珂，看妳幹了什麼好事！」

——伊津佳大聲叫了出來。

——我的身體猛然一震。

我慌張地把手抽回來。

「什……什麼意思……？」

然後抬頭仰望站在走道上的伊津佳。

伊津佳——露出跟鬼一樣的憤怒表情，定睛俯視著我。

到……到底怎麼了……！我……我做錯了什麼嗎！

難不成我想跟矢野同學牽手的事情被發現了……？可是，如果是這樣，伊津佳為什麼要生氣……？

伊津佳默默地抓住一頭霧水的我的後頸。

然後把我拖到走道上，瞥了我剛才坐著的靠海座位一眼——

「妳居然……居然坐在這種座位！」

「……咦？」

……這、這種座位？不就是普通的新幹線座位嗎……

「春珂，給我聽好……在這班新幹線上，坐在靠海那一邊的座位可是一點好處都沒有喔！」

「為……為什麼……？」

「理由妳等一下就會知道！放心聽我的就對了！我絕對會讓妳玩得開心！」

……伊、伊津佳居然連這種小地方都要講究嗎！

不會吧，雖然我非常期待由伊津佳帶領的這趟旅行！可是連在新幹線上的座位都要由她決定嗎！

「可、可是……！這邊的座位靠海耶。」

我一心想坐在矢野同學旁邊，於是提出這樣的主張。

「我在故鄉的時候也喜歡海，所以想看看太平洋……」

「我明白妳的心情！過了小田原後看到的海景確實是最棒的！會讓人有種出門旅行的感覺！」

「就、就是說啊！所以我這次要坐在這邊……」

「——不過，聽我的準沒錯，妳這次就坐在靠山這邊吧！我絕對會滿足妳的！」

說完，進入導遊模式的伊津佳就半強制地把我塞到靠山的窗邊座位。

「咦，咦咦咦咦～～……」

儘管我出聲表示不滿，伊津佳也已經轉頭忙著安排其他組員的座位了。

「來！修司坐這邊！時子也是！我推薦這個位子！」

至於靠海那邊的座位——

「那我要坐這裡～～」

「我就坐這裡吧。對了，我們把座椅轉一下吧。」

「好，那我來轉。」

Omochi老師他們轉動座椅，弄成四人座，然後四個人坐在一起。而坐在矢野同學旁邊的人，是不知為何一臉開心的細野同學……

「唔、嗚嗚嗚……」

我心不甘情不願地坐在靠山的座位，一邊呻吟一邊偷偷看向矢野同學。

我開始有種前途不太樂觀的預感了……

在伊津佳的監視之下，我們到底能不能牽到矢野同學的手呢……

——順帶一提，從伊津佳幫我找的座位看出去的景色實在是太棒了。

來到靜岡後立刻映入眼裡的富士山超乎想像地雄偉，讓我有些感動。

相較之下，坐在靠海那邊的Ｏｍｏｃｈｉ小組則是——

「——太……太刺眼了～～！」

「嗚哇，真的耶！趕快把窗簾拉上！」

「快、快一點～～！要是曬到太多陽光，活在暗處的我就會死掉～～！」

因為從窗外射入的太平洋海面反射的光芒太過耀眼，讓他們很快就拉上窗簾。

真不愧是伊津佳……行前調查做得無比正確，實在令人畏懼。不過就算這樣，我還是希望坐在矢野同學旁邊。還有Ｏｍｏｃｈｉ老師，請妳千萬別死……

然後——在快到中午的時候，列車按照預定抵達了新大阪站。

＊

「……這裡就是大阪。」

跟春珂對調後，我下車來到月台。眼前的景色讓我忍不住深呼吸。

牆上標示的站名，還有電光看板式的時刻表。

排成一列的自動販賣機，以及出現在月台另一邊的陌生街道——

這裡的氛圍並沒有明顯給人「關西！」或「大阪！」的感覺，我也沒有看到知名的地標。不過，我能隱約感受到這裡的氣氛跟東京不同，情緒不由得高漲。

周圍的學生們也比在學校裡見面時還要興奮浮躁，讓我再次感受到自己正在旅行。

「……秋玻，妳第一次來大阪對吧？」

率先下車的伊津佳回過頭來如此問道。

「……是啊。不過，有一些我喜歡的故事舞台都在大阪，所以我一直想來看看。」

比如說，腦海中立刻浮現的《春琴抄》這部作品。這是描寫盲人美女春琴與她的學生佐助的浪漫故事。不然就是《曾根崎殉情記》，是遊女阿初與醬油店店員德兵衛殉情的故事。

兩者都算是熱情如火的愛情故事，我非常喜歡，一直希望有一天能到他們生活過的城鎮看看。

「這樣啊，就是偶像劇或動畫的聖地巡禮那種感覺嗎？」

「……嗯，大概就是那種感覺吧。」

「對於自己喜歡的東西，秋玻也有像阿宅的一面呢！」

「啊哈哈，或許真的是這樣吧。」

……說這種話可能會讓人嚇到。

不過，我不光是喜歡春琴抄與曾根崎殉情記的故事本身……也對身為女主角的阿初

與春琴有所共鳴。

我無法把她們當成別人，無數次想像著自己身處她們立場的景象。

她們兩人都曾經住在這個城市——

想到這裡，心中的感慨就更深了。

不過……想不到我居然會對跟愛人殉情的女郎，以及有虐待狂的盲人大小姐有所共鳴……

「……這種事實在沒辦法告訴別人呢……」

連我都想嘲笑自己是個麻煩的女人了。

我偷偷看向矢野同學……在心情愉快的Omochi老師、古暮同學與細野同學的陪伴下，他正茫然地望著大阪的街道。

……好，加油吧。

我好歹也是矢野同學的前女友，不但跟他接吻過，也有過一些身體上的親密接觸……可說是關係匪淺。

事到如今只是牽個手，絕對不是什麼難事才對。

在重新下定決心的同時，我在千代田老師的帶領下邁出腳步。

*

——然而……

在這之後，矢野同學跟我們好幾次都擦肩而過。

*

「——哎呀～～總算可以自由行動了呢～～」

全年級學生一起參觀大阪城公園的活動結束了。

在走向離我們最近的車站時，伊津佳「嗯～～」地伸了個懶腰。

然後，她轉過身來咧嘴一笑。

「我們接著要去的第一個地方……就是道頓堀了！」

——之前開會討論的時候，我們就決定大阪自由行的第一個目的地是道頓堀了。

雖然我們小組整體上來說很容易意見分歧，但每個人對這點都沒有異議，那裡可說是大家都期待的第一天的重要景點。

「真是期待呢……」

「我們到『固力果』的看板前面拍照吧！秋玻也要擺那個姿勢喔！」

「咦！……唔、嗯，好吧……！」

我們一邊如此閒聊一邊前進。

「——啊，須藤，你們也要去道頓堀嗎～～？」

也許是聽到我們聊天的內容，Ｏｍｏｃｈｉ老師在不知不覺間靠了過來，向伊津佳如此詢問。此外，在她身旁的古暮同學也說：

「還真巧呢。我們剛好也要去道頓堀。」

「喔！真的嗎～～！」

伊津佳聽了，探出身子詢問。

「當然是真的～～」

「來到大阪旅遊，果然不能不去那裡吧。」

「就是說啊～～！那是非去不可的地方！」

伊津佳交抱雙臂，點頭如搗蒜。

然後，她轉身面向Ｏｍｏｃｈｉ小組的人，提出這樣的建議。

「那麼——我們就一起去道頓堀吧！」

——於是，我們決定一起去道頓堀。

途中，在搭乘環狀線前往鶴橋時……我就開始靜不下來了。

沒想到會突然變成兩個小組一起行動，而且還是從一開始就共同行動……

照這個情況看來……我們應該會一起行動一段時間吧。

一旦兩個小組一起去道頓堀觀光，我不就可以一直待在矢野同學身邊……順利的話還能趁機牽到他的手嗎……？

我試著在腦海中想像我們並肩走在路上，手裡拿著買來的食物，一起欣賞景色……同時偷偷與他牽手的景象。

嗯……說不定會成功喔。

雖然在新幹線上毫無進展，但我這次或許可以達成今天的目標……

——然而，當我們走出離道頓堀最近的難波車站……

看到充滿大阪風格的嘈雜鬧區時——

「——好～～！那我們立刻去買東西吃吧！」

「嗯，我也差不多餓了……」

「大家想去的店，我已經列印成清單了。」

眼見我們壓抑不住興奮，馬上就開始情緒高漲，Ｏｍｏｃｈｉ老師如此問道：

「……咦？買東西吃？須藤，這就是你們的計畫嗎～～？」

「是啊～～！你們有什麼打算？」

「我們覺得要是現在就吃東西，等回到飯店後可能會吃不下晚餐～～所以只打算到處逛逛～～」

「然後，如果途中遇到讓未玖在意的聲音，就取樣下來用在曲子裡面。」

「哦～～這樣啊！」

……咦？我好像突然有種不好的預感。

這種感覺……這種風向……

然後，無視於暗自焦急的我，伊津佳非常乾脆地——

「那——我們就要暫時分開了呢！」

Ｏｍｏｃｈｉ老師與古暮同學也輕易就點頭同意。

「是啊～～」

「那就待會見吧。」

「——慢……慢著！」

我反射性——大聲叫了出來。

伊津佳、Omochi老師和古暮同學都嚇了一跳，但事到如今我也不能退縮了。

「那、那個……伊津佳，我們……是不是也只到處逛逛就好……？」

在沒有想法的情況下，我向伊津佳如此提議。

「我覺得她們說得很對，這樣好像會吃不下晚餐……我們是不是也別吃太多……比較好啊……？」

雖然是臨時想到的藉口，我覺得還挺有說服力的。

這可是難得的機會，我不想隨便放棄——

「——妳在說什麼傻話啊！」

——伊津佳大喝一聲，斬斷我的期待。

「我不是告訴過妳，因為我們要來道頓堀吃美食，在來到這裡之前要少吃一點嗎！就是因為這樣，我才會沒吃早餐，路上也沒吃零食耶！」

「咦？妳、妳居然做到那種程度……？」

「時子與修司應該都有乖乖配合吧！」

「嗯，我早餐有吃得比較少……」

「畢竟大家已經說好了……」

我……我記得好像真的有這件事，春珂今天吃早餐的時候，好像也吃得比較少……

「事情就是這樣，秋玻，不好意思，我們還是要按照原定計畫進行！因為要是沒在十分鐘內吃到章魚燒，我八成會餓死！」

——既然她都說成這樣，我也無法繼續堅持了。

「那就待會見了～～」

「再見～～」

目送Omochi老師和古暮同學的背影離去後，我也跟在開始移動的伊津佳身後，垂頭喪氣地邁出腳步。

*

「——咦～～這不是須藤小組的人嗎？我們又見面了～～」

「喔，是Omochi小組耶！我們還真是有緣呢！」

——我們的道頓堀美食之旅結束了。

在開往梅田的御堂筋線上——我們的小組再次遇到了Omochi小組。

「怎麼樣？美食之旅的東西好吃嗎？」

古暮同學抓著車廂吊環這麼問，伊津佳容光煥發地回答：

「好吃得沒話說！這裡的章魚燒果然跟東京的完全不一樣～～！不但餡料濃稠～～還有高湯的香味～～……」

大阪的章魚燒確實跟我平常在東京吃的章魚燒完全不一樣。春珂，感謝妳在今天吃早餐的時候控制食量……託妳的福，我才能吃到美食。

「你們那邊結果如何？」

「哎呀～～我錄到很棒的聲音了！」

笑容滿面的Ｏｍｏｃｈｉ老師邊說邊拿出用來錄音的機器。

「食倒太郎的小鼓居然是LUDWIG的！雖然調音做得不太好，但那樣也別有一番風味——」

——大家就這樣熱烈地聊起道頓堀的事情。

然後話題自然而然轉移到等一下的計畫。

「我們接下來打算去梅田的咖啡廳坐坐。」

聽到古暮同學這麼說，Ｏｍｏｃｈｉ老師難得從旁插嘴。

「有一間能夠讓人聽音樂的知名咖啡廳～～那裡可說是我在這趟旅行中最想去的地方～～！」

……嗯？咖啡廳？而且還是能聽唱片的地方？

伊津佳似乎也想到同一件事，驚訝得瞪大眼睛。

「……咦？我們也要去可以聽唱片的咖啡廳耶。」

據說那是一間名叫「黑膠咖啡廳」，連DJ台都有的時尚咖啡廳。

那間店是在去年開幕，由知名音樂團體的成員參與經營，在地方上小有名氣……在修司同學的提議下，我們決定把那間店排入行程。

搞不好……小小的期盼在我心中萌芽。

Omochi老師他們該不會也要……

結果如我所料。

「妳說的是──『黑膠咖啡廳』嗎～～？」

Omochi老師說出那間店的名字了。

「我們要去的店就是這間～～」

「我、我們也要去那裡喔～～！」

伊津佳開心得叫了出來，彷彿整個人都要跳起來一樣。

「真巧呢！看來我們很合得來喔～～！」

「真的假的！難道這是命運的安排嗎～～！」

「啊，機會難得，我們這次不如就一起去吧！」

「就這麼辦吧！」

古暮同學與伊津佳說著說著，很乾脆就做出了決定。

……很好，我又有機會了！

而且我總覺得這次比過去更有機會……！

既然連想去的店都一樣，應該就不會再出現中途分開的情況了吧。如果是在氣氛好的店裡，也會比在路邊更容易牽到矢野同學的手……！

我偷偷瞄了矢野同學一眼，心跳開始慢慢加速。

好，我要加油……！絕對不能放過這種大好機會！不管發生什麼事，都一定要完成任務！

「哎呀～～須藤，沒想到妳的眼光這麼好呢～～」

在重新振作起來的我身旁，Ｏｍｏｃｈｉ老師和伊津佳繼續閒聊。

「居然連剛開幕不久的『黑膠咖啡廳』都知道。」

「那是因為修司對這種事情非常了解。其實還有一間可以讓人聽音樂的咖啡廳，害我們當初不知道該選哪間。」

「……有這種事？」

聽到這句話，Ｏｍｏｃｈｉ老師的眼鏡似乎亮了一下。

「原來這裡還有其他不錯的店嗎？」
「是啊，那是一間六十年前開幕的老店。」
伊津佳迅速操作手機，把螢幕拿給Omochi老師看。
顯示在螢幕上的店家名叫——「名曲咖啡廳　平野」。
那是木製傢俱與擺設都很有味道的老字號咖啡廳的官網。
網站本身似乎也很舊了，簡樸得像是個人製作的網站……
原來還有這種店啊……
「這間店裡有骨董唱片機，可以讓客人聽喜歡的音樂，聽說是重度音樂狂喜歡去的地方～～」
「嗯……嗯……」
從伊津佳手中接過手機後，Omochi老師開始定睛瀏覽網站。
不但看了店裡的照片，還看了整理過的唱片機器材清單。
……嗯？該不會……
這種氣氛……該不會……
就在我屏息時，Omochi老師猛然抬起頭來。
「——我想去這裡～～！」

——我就知道。

她果然說出這種話了。

「我竟然不知道有這麼棒的店，這真是我這輩子最大的錯誤！更何況，沒人知道下次什麼時候還有機會再來大阪～～！」

然後她轉過身，看向自己的組員。

「千景！矢野！細野！我們可以改去這裡嗎！」

「咦？我是無所謂啦。」「我也是……」「我也沒意見。」

「好耶～～！事情就是這樣，我們又要跟須藤小組分開了——」

「——那個，請等一下！」

我連忙叫了出來。

「Ｏｍｏｃｈｉ老師……妳、妳確定要去那間店嗎？那裡好像沒有ＤＪ台……就只有骨董唱片機而已耶。還是『黑膠咖啡廳』比較好吧……」

「啊～～ＤＪ台我家就有了～～」

「這、這樣啊……可是！……對了！曲子！『平野』感覺好像只有老歌耶！妳應該也想聽聽新推出的唱片吧……！」

「新歌我在俱樂部裡就聽得到了～～」

「……好吧……」

看來，嗯……是沒辦法了……

我已經沒辦法再多說什麼……

我有氣無力地放棄爭辯……然後像是要遷怒一樣，朝依然魂不守舍的矢野同學投以充滿怨念的視線——

＊

——於是，我們在咖啡廳享受了一段下午茶時光。

接著又再次在梅田站遇到另一組人馬。

「——這樣啊，那你們Ｏｍｏｃｈｉ小組已經準備回飯店了吧？」

「須藤，你們還要在大阪多逛一下是嗎～～」

雙方確認過彼此接下來的計畫後……我嘆了口氣。

嗯，哎，我就知道會這樣……心中早就不抱期待了……

對於在這之後能否跟矢野同學待在一起，我已經連想都不敢想了……

所以，我絕對沒有感到失望，也沒有心灰意冷……

「嗯，果然還是得玩到最後一刻才行呢！」

「真有精神～～我們這一組的人已經都累壞了～～」

看來……今天想跟矢野同學牽手是不太可能了。

我給自己設定的目標似乎比我預期的還要困難。

我得重新研究一下明天以後的計畫了……

「那就飯店見吧！」

「好的，晚點見～～」

互相道別後，我們往不同方向邁出腳步。

我偷偷回過頭……茫然目送著矢野同學緩緩前進的背影。

可是，就在這時——

「……我好寂寞。」

——一道細微的聲音突然在我們之中響起。

「……不能跟細野同學在一起，真的很寂寞……」

——是時子。

仔細一看，時子的眼眶滿是淚水——她緊緊握著制服的裙襬，低頭看著腳下。

「……啊，糟了～～！真是萬分抱歉！」

Omochi老師趕緊衝到時子身邊。

「我玩得太開心，開心到忘我的地步……完全沒顧慮到小柊的心情……」

「……抱歉，我也完全忘記這件事了。」

古暮同學也一臉尷尬地搔著頭髮。

「難得來到大阪，當然會想跟男朋友一起到處逛逛吧……」

——我想起來了。

因為兩個小組分頭行動而感到遺憾的人不是只有我。

反倒是時子……不得不跟男朋友分開的她可憐多了。

糟糕……因為忙著應付其他問題，讓我沒有想到那麼多……！

「小、小柊，對不起……」

細野同學露出一副都是自己不好的表情，跪在時子面前，牽起她的手。

「我也應該更堅持自己的想法才對……我卻一直隨波逐流……」

大家應該都沒有惡意。每個人臉上的反省之意都是發自真心，讓時子原本快哭出來的樣子稍微平息了。

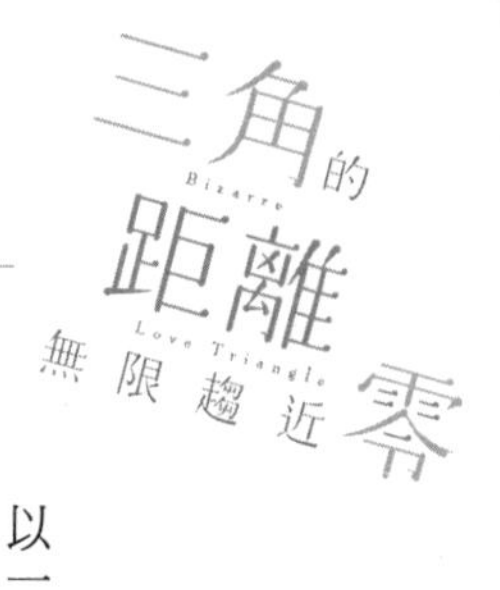

「那……我們這兩組接下來就一起行動吧～～」

轉頭看向我們後，古暮同學如此提議。

「須藤，你們接下來要在梅田逛街對吧？我們也一起去吧。這樣柊同學跟細野就可以一起行動了，不是嗎？」

「喔，這真是個好主意呢～～！我們就一起行動吧！人多也比較好玩嘛！」

伊津佳表示贊同後，事情就這麼定下來了。

而這個預期之外的有利情勢變化——也讓我開始心跳加速。

我好像……終於看到希望的曙光了……？

我真的可以在剩下的時間裡，跟矢野同學一起在大阪觀光了嗎……？

可是，我突然發現一件事。

「……嗯～～……」

那就是Ｏｍｏｃｈｉ老師正看著我，露出一副若有所思的表情。

……她、她怎麼了嗎？

該、該不會……又要改變大家的計畫了……

然後——

「……不，千景，我們還是不要一起行動了吧。」

——Ｏｍｏｃｈｉ老師真的說出了這種話。

「咦？為什麼？這樣柊同學不是太可憐了嗎？」

就、就是說啊……！Ｏｍｏｃｈｉ老師怎麼會突然說出這種話！我們已經沒有不一起行動的理由了吧……！

然而，無視於暗自焦急的我——

「我反倒覺得……光是這樣還不夠～」

Ｏｍｏｃｈｉ老師保持燦爛的笑容，繼續說下去。

「一整天都跟男友分頭行動，只在最後的一小段時間一起，不就一點都沒有賺到的感覺了嗎～？與其這樣，還不如從一開始就共同行動比較好，不是嗎～」

「有道理……那妳覺得應該怎麼做比較好？」

面對古暮同學的問題——Ｏｍｏｃｈｉ老師像在唱歌一樣如此回答。

「我們就讓他們兩人獨處吧～」

「……兩人獨處……」

聽到這句話，時子像是在自言自語般小聲復誦。

「沒錯，我們今天就在這裡解散小組，讓大家自由行動吧～想跟某人一起行動也行，想要一個人到處逛逛也行。我們何不拋開規則隨興行動～？」

然後，Omochi老師不知為何瞥了我一眼——

「……反正除了柊同學之外，好像還有人正為此苦惱呢～」

「——矢……矢野同學！」

我們接受Omochi老師的提議，各自展開自由行動。

「——細……細野同學，你想去哪裡……」

「——那我們就稍微……在附近走走吧。」

「——我還是想先回飯店～」

「——好，修司，我們去買禮物吧！」

正當大家各自準備出發時——我緊張地奔向矢野同學。

——我的想法或許被發現了。

Omochi老師可能發現我想待在矢野同學身邊了……其實我不是很想讓大家知道這件事……

不過，至少這肯定是個好機會。

下定決心後，我對依然魂不守舍的矢野同學這麼說——

「我們待會——要不要一起找個地方逛逛？」

＊

——當我回過神時，已經在梅田車站跟矢野同學兩人獨處了。

「咦？這、這……是怎麼回事？」

人格從秋玻變成我，也就是春珂的瞬間。

在人潮之中，我發現自己突然置身於絕佳的情境，難掩心中的動搖。

直到剛才為止，兩個小組還一直不斷錯失共同行動的機會，到底為什麼會突然變成這種情況……

「……啊、噢，人格換成春珂了嗎？」

矢野同學似乎注意到我的異狀，對我茫然地笑了一笑。

「其實剛才發生了許多事情——」

——矢野同學把事情的來龍去脈都告訴我了。

因為沒辦法跟細野同學在一起，時子感到很寂寞。

Omochi老師便提出讓大家自由行動的建議。

結果大家都出發去做自己想做的事情了。

「原、原來是這樣啊……」

沒想到事情會變成這樣。雖然我的腦袋跟得上，心情還跟不太上……

我偷偷看向矢野同學的臉，他還是一臉茫然。

那種看向遠方的眼神，還有亂翹的頭髮……

雖然那副模樣絕對算不上帥氣……卻不知為何讓我心跳加速……

天啊～～……我們已經有多久沒有兩人獨處了？

上次是在文化祭當天嗎？這樣的話，就是兩個月前的事了……

……總之！總算是讓我等到機會了。我得利用這個機會好好努力……！

「……那我們要去哪裡！」

我邊說邊轉身面對矢野同學。

「離回飯店集合的時間……還有一個小時多一點。我們去不了太遠的地方，就時間上來說……我跟秋玻出現的時間大概各占一半……你有什麼想去的地方嗎？」

「……我沒有特別想去的地方。」

矢野同學說著把視線移向自己腳邊。

「我甚至不曉得這附近有什麼景點……」

……我想也是。我早就知道現在的矢野同學會這麼說了。

正因如此，我必須想出個目的地才行。

「從這裡去得了……而且矢野同學和秋玻都感興趣的地方……」

如果我們現在出發，當我們抵達目的地時，出現的人格肯定是秋玻，所以比起我的興趣，秋玻與矢野同學的興趣應該更重要。

他們兩人的共通興趣……就是故事。

而我們現在所在的地方是……

「……對了！以大阪為舞台的故事！」

「……？」

「秋玻說過，她有一些喜歡的故事，剛好就發生在這附近！」

在準備旅行計畫時，我曾經跟秋玻聊到這樣的話題。

我記得……叫作「春什麼什麼」跟「某某殉情記」的故事。

在網路上搜尋後，我馬上就找到答案了。

好像是谷崎潤一郎的《春琴抄》，以及世態劇淨琉璃的《曾根崎殉情記》。

然後——

「哇！《曾根崎殉情記》的背景舞台『阿初天神』好像就在這附近耶！」

「……哦，原來是在這裡啊。」

矢野同學說著探頭看向我的手機。

看來他似乎對那個地方很感興趣。

「我看一下，我們目前在梅田站……只要穿過地下街，很快就能走到了！我們好像可以在裡面慢慢參觀喔！」

「這樣啊，那我們就去那裡吧……」

說完，矢野同學露出溫柔的微笑。

「因為我也對那種地方很感興趣……」

很好，這樣就算是決定目的地了。既然目的地決定了……再來我只需要一邊走向那裡，一邊找機會自然地跟他牽手就行了！

「嗯，那就這麼辦吧……只要從這裡直走就能抵達目的地了，應該不難找！」

我抬起頭，對矢野同學微微一笑。

「好，我們出發吧！」

說完，我們就朝旁邊的地下街入口邁出腳步。

——這時候的我還不知道。

不知道那就是頂頂大名的「迷宮」的入口——

*

「——哦，原來那部作品就跟標題一樣，是殉情的故事啊……」

「嗯，是啊。」

「我還以為是登場人物想殉情，或者是一種比喻而已……」

走在梅田地下街的同時，我向矢野同學請教《曾根崎殉情記》的故事內容。

那是遊女阿初與醬油店店員德兵衛久別重逢，最後在露天神社殉情的短篇故事。

雖然以現在的時代來看，這是個相當單純的故事，但戰後又加入新的改編重新上演，也曾經改編成電影，是一部表演形式多變且廣受歡迎的作品。

——話說……

我記得秋玻好像說過，她對這個故事深有共鳴……？

這樣好嗎？居然對殉情這種事感到共鳴，她的愛是不是太沉重了……？

矢野同學，我看你還是愛上我會比較好……畢竟你也有點那個……如果跟我在一起，我有信心能取得不錯的平衡。

「……話說回來……」

我邊說邊環視周圍。

「這個地下街還真大呢……」

「確實如此……」

我們不知道已經走了多久。是十分鐘？還是十五分鐘？儘管我們走了這麼久，還是完全看不到盡頭，眼前只有不斷延伸的明亮店鋪。書店、餐廳、生活雜貨店、服飾店，還有門口暖簾上寫著「大眾酒場」的店……

乍看之下有點像新宿的地下街。

然而，從店裡與附近傳來的對話聲都是關西腔，到處張貼的廣告也都是大阪的規格，才讓我感受到這裡是遠離東京的城市。

偶爾會出現在店門口的「本店榮獲某某電視節目介紹！」之類的廣告上，也全都是我從未看過的節目，實在很有趣。

……雖然腦袋裡想著這種事情，可是……

「……」

我偷偷看向矢野同學，緊咬下脣……

差不多……該動手了吧。

該來挑戰一下跟他牽手的任務了……

一直像這樣走路，我也已經有些厭煩。而且我們的目的地——阿初天神附近的出口也差不多要到了。我想把精神集中在矢野同學身上，不要太在意路上的事情……

我想……他肯定不會拒絕才對。

我緩緩把手伸向走在旁邊的矢野同學。

十公分……五公分……距離逐漸縮短。

然後——還差一點……

眼看只要再前進幾毫米就能碰到他的手時——

「——奇怪？」

矢野同學突然這麼說道。

「咦？怎、怎麼了嗎？」

我趕緊把手縮回去，裝出若無其事的樣子如此詢問。

「發、發生什麼奇怪的事了嗎……！」

啊～～真是的！明明只差一點就牽到了！

早知道我就趁亂牽下去了！

「呃，我說……」

矢野同學似乎沒注意到我心中的焦慮，手緩緩指向上方。

「那邊……」

「咦？」

經他這麼一說——我抬頭一看，看到吊在天花板上的路線圖。

那是個寫有「從這裡上去會到地面上的什麼地方」與「走這邊會到哪個車站」等資訊的大型看板。

而上面——寫著這樣的資訊。

——五十公尺前方，北新地站。

「……咦?北、北新地?」

我完全沒聽過這個站名。

「而且就在五十公尺前方……也就是說，這裡幾乎算是在北新地站裡面了……？」

「……好像是。」

「……咦，這裡是哪裡……」

根據我在網路上看到的消息，只要從梅田車站直走，應該就能到阿初天神附近……

我趕緊環視周圍——當然找不到告訴人阿初天神往哪邊走的看板，也找不到剛才還看得到的梅田站前進路線圖。

——一股焦慮感湧上心頭。

「……難不成我們不知不覺走了很遠？我們好像來到完全不一樣的地方了耶！」

莫非我太在意矢野同學，在不知不覺間走錯路了！

可是，我們只是一直直走，應該不會發生這種事才對……

「……不、不管那麼多了！」

為了讓自己打起精神，我大聲叫了出來。

「我們再走一段路看看情況吧！如果真的找不到路，只要問附近店家就行了！」

「……有道理。」

然後，為了盡量接近目的地，我們邁出腳步。

就結果來說——這麼做完全適得其反。

*

「——我們到底在哪裡啊……！」

從春珂對調成我後——我發現自己身在完全不認識的地方。

這裡似乎是地下街，路上行人非常多。

身旁站著依然看似魂不守舍的矢野同學。

「啊，噢，是秋玻……」

他似乎注意到我的反應，主動向我說明情況。

「我跟春珂討論之後，決定去阿初天神參觀……結果回過神來就在這裡了……」

「回……回過神來就在這裡……？」

這到底是怎麼回事……

雖然想問清楚狀況……但現在的他實在太不可靠了。我打消這個念頭，靠自己確認周圍的情況。

看來這裡似乎是地下鐵車站的驗票閘口前面。雖然找不到剛走進地下街時的那種店鋪，但可以看到對面擺著一排自動剪票機。

而掛在剪票機上方的看板標示著這樣的站名——

「四橋線……西梅田站……？」

咦？四橋線……？我還是頭一次見到這條路線……

而且還是西梅田站……就像是中野站旁邊也有個東中野站的感覺吧……

春珂，妳到底是怎麼走來這裡的？

正當我想著這種事時，手機的鬧鐘正好響起。

對了！春珂肯定有留下訊息！

只要看過訊息，應該就能知道事情變成這樣的原因了！

我從口袋裡拿出手機，解除螢幕鎖定，迫不及待地打開記事本。

抱歉……我迷路了……

我不知道這裡是哪裡……也不知道接下來該怎麼辦……

拜託妳想辦法跟矢野同學一起生還……

「……她到底在做什麼啊！」

不過，其實我早就猜到大概是這麼回事了……！

我就知道她八成迷路了……！

總之，既然事情已經發生，那就沒辦法了。

我深深吐了口氣，拿手機上網搜尋，想找出目前的所在位置。

「……原來如此，四橋線的西梅田站在這裡……等一下，這裡離阿初天神也太遠了吧！她到底是怎麼走來這裡的……」

繼續搜尋後——我得知某個詞彙的存在。

「『梅田迷宮』……？」

……？矢野同學一臉疑惑地看過來，於是我簡單扼要地唸出那個網頁的內文。

「我看看……據說梅田地區的地下街十分遼闊，而且ＪＲ線、民營鐵路與地下鐵的車站分別有各式各樣的站名，全都擠在一起，還跟地面上的商業設施的地下樓層互相連結……結構超級複雜……所以有人把這裡稱作迷宮，在網路上似乎非常有名……」

「哦，原來是這樣啊……」

矢野同學還是一副毫無危機意識的表情，點了點頭。

「可是，既然這裡這麼有名……應該找得到簡單易懂的地圖吧？」

「這個嘛……好像沒有那種東西。」

我滑動螢幕，在網路上找了一下——但果然找不到。

這其中似乎有理由，而我也找到說明理由的網頁了。

「據說是結構太複雜，不可能畫出那種地圖……如果只有平面倒還好，但這是一個立體的迷宮，就算在同一層樓，進入不同的商業設施時也會變成不同的樓層——」

「……是喔。」

——說到這裡，我看向時鐘。

離集合時間只剩下……二十五分鐘了。

考慮到前往離飯店最近的車站所需要的時間，我們應該只能勉強趕到——甚至可能在走不出這個迷宮的情況下耗盡時間。

事情到了這個地步……我們可說是完全沒時間了。

現在可不是思考該怎麼跟男生牽手的時候。

「啊，真是的……！」

儘管有種想哭的感覺——我還是先這樣告訴矢野同學。

「總之——讓我們一起設法逃出這裡吧！」

＊

「——咦？這是哪裡……？我們剛才是不是來過了？」

「——不會吧！網路上的解說沒提到這裡有樓梯啊……」

「——剛才那間店的老闆叫我們直走……！可是前面是死路一條耶……」

「——我們好像在不知不覺中，從地下一樓跑到地下二樓了……」

＊

「——看來我們沒辦法準時回到飯店了……」

「是啊……已經完全遲到了……」

我們在迷宮裡繞了一段時間。

離集合時間只剩下五分鐘，站在人潮中的我們已經澈底失去鬥志。

想要挽回局面應該是不可能了，我們甚至連晚餐時間都趕不上……

想到這裡，就覺得一直緊繃的情緒似乎放鬆了些。

「……肚子也餓了，我們先去吃點東西吧。前面有個像是百貨公司地下商場的地方……」

「嗯……」

我們旁邊剛好就有一個現成熟食的賣場。

之後的事就等在那裡吃完東西後再想吧……

只要跟千代田老師等人說一聲，告知我們會遲到，應該就不會有什麼大問題……

我一邊想著這種事，一邊跟矢野同學一起走進賣場，茫然地看著商品。

有沙拉，有肉類料理，還有甜點。

玻璃後方的食物不知為何看起來莫名好吃。

事已至此，我們乾脆放棄晚餐，在這裡慢慢用餐也行吧？

與其勉強趕回飯店，倒不如做好在這個迷宮度過一晚的心理準備，不也是一種選擇嗎……？

正當我自暴自棄地這麼想著——

「——哎呀～～你們兩個怎麼啦？怎麼看起來好像很累的樣子！」

西式甜點賣場櫃檯裡的大嬸向我們如此問道。

仔細一看——她是一位年紀跟我母親差不多，四十五歲左右，有著圓滾滾的臉頰，看起來很健康的大嬸。而她正擔心地看著我們。

……原來我們看起來有那麼累啊。

這可不行，說不定被矢野同學看到我難看的表情了……

不過，有初次見面的陌生人願意關心我們，還是讓我非常開心，稍微有種被拯救的感覺。

「……其實，我們迷路了。」

我向她說明情況，告訴她我們想去投宿的飯店，以及為此就必須去梅田站。當然，我已經不敢期待了。雖然她可能會告訴我們路該怎麼走，但我們之前已經向許多人問過路，結果卻是越走越混亂。

我不認為這樣就能解決問題。

然而——

「——咦？梅田站？」

大嬸睜大雙眼——

「——梅田站就在旁邊啊！」

「……旁邊？」

看向大嬸手指的方向後——我確實看到地下鐵梅田站的驗票閘口了。

「……不會吧！」

——真是莫名其妙。

雖然搞不清楚狀況——我們似乎在不知不覺中繞了一大圈，走回原本的地方了。

這個迷宮的構造到底是怎麼回事……

……不管那麼多了！

「謝、謝謝妳！矢野同學，我們走吧！」

「嗯……！」

現在說不定還能勉強趕上集合時間，只稍微遲到一下子！

太好了！看來我們終於可以逃出這個地下街了！

我跟矢野同學相視而笑——然後突然想到。

啊，現在，說不定有機會牽到他的手。

在這種氣氛下，我們說不定可以很自然地牽著手一起奔跑。

我心跳加速，一邊把手伸向他。

然後，就在我準備握住他那纖細的右手時——

「——等一下！這個拿去！」

——大嬸說完，把手伸了過來。

「你們繞了這麼久，應該累了吧！算我請客，這個給你們吃！」

——是泡芙。

那泡芙應該有男人的拳頭那麼大吧。而那個巨大的泡芙就擺在大嬸的手掌心上。

我忍不住——笑了出來。

總覺得牽手的氣氛都跑光了。

可是——大嬸跟這種狀況完全不搭調的可愛模樣實在很有趣。

而她好心請路過的學生吃泡芙的心意，也讓我非常開心。

「……謝謝妳的好意。」

我收回伸向矢野同學的手，接過大嬸手中的泡芙。

香草的香味飄了過來，感覺又甜又美味。

「我會邊走邊吃的，真的很感謝妳……好，矢野同學，我們走吧！」

「嗯。」

向店員低頭鞠躬後，我們跑向梅田站的驗票閘口——

「路上小心喔～～！」

聽到大嬸的聲音後，我回頭一看，看到她滿臉笑容，活力十足地對我們揮手。

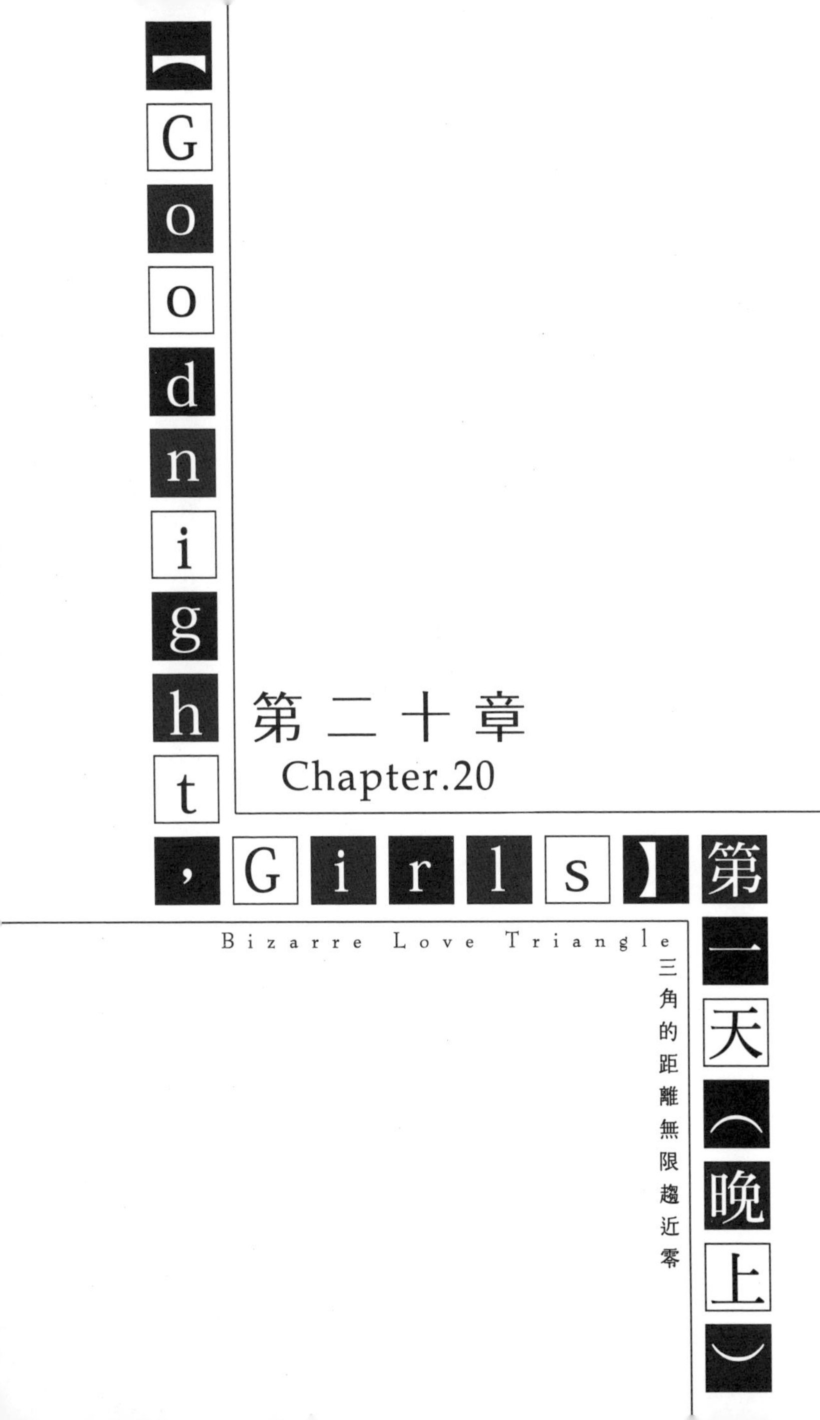
第二十章
Chapter.20
「Goodnight, Girls」第一天（晚上）
Bizarre Love Triangle
三角的距離無限趨近零

「——累、累死人了……」

點名、晚餐、洗澡……我慌張地忙完這些事情。

當我回到飯店房間時——已經是晚上十點以後了。

我躺在床上，一邊感受著全新床墊的彈力一邊獨自呢喃。

「今天發生了許多事情呢……」

用ＬＩＮＥ跟爸爸聊天、跟矢野同學幾次相遇又分別、最後一起在梅田迷路……雖然我們在集合時遲到十分鐘，被千代田老師唸了一頓，但只受到這點懲罰或許算是很走運了。如果秋玻沒遇到那位給我們泡芙的大嬸，我們可能現在還走不出那個迷宮……

明明還只是教育旅行的第一天，真的是發生了許多事情。

雖然這樣也很開心就是了……

「……結果……還是沒牽到他的手。」

我默默注視著自己的手掌，嘆了口氣。

我知道這不是容易達成的目標。

可是，第一天就重重摔了一跤，還是很難受……

還有兩天，我得想辦法追回進度。

等一下就用手機的記事本跟秋玻開個作戰會議吧……

「……嗯～～……」

我一邊伸懶腰一邊環視周圍，同房的室友們不是忙著收拾行李，就是為明天做準備，或是在床上發呆。這個房間裡住了五個人，分別是我們這組的三個女生，以及古暮同學那組的兩個女生。

「——哎呀～～今天真是大豐收！」

伊津佳正在房間的角落整理伴手禮。她手裡拿著在當地買的大量點心，表情十分滿足。話說，第一天就買那麼多東西真的沒問題嗎？難道她每天都要買伴手禮……？

Omochi老師馬上就把電腦擺在房裡的桌上，不知道在忙些什麼。她似乎是在用今天錄到的聲音創作，說不定到時候就會叫秋玻稍微唱一下了。

讓我感到有些意外的人是時子。

她正坐在床邊，看著旅遊指南書。我還以為這女孩平時應該會穿著清純型的睡衣就寢……但她現在身穿黑底白線、容易活動的衣服，也就是運動服。看到時子這樣的和風美女穿這種衣服，這種難得一見的組合讓我有種不可思議的感覺。

至於古暮同學，則是看著窗外的大阪夜景。

我們之前很少在班上說話，能像這樣住在同一個房間，讓我覺得命運實在很不可思議。不過，也正是因為我們還沒說過太多話，彼此之間還有些隔閡……

就在這時，古暮同學突然把視線移回室內。

「……好～～時間差不多了～～」

然後用一副理所當然的語氣這麼說。

「各位～～我們準備出門吧。」

「……咦？」

「出門……現在嗎？」

「……我們有安排什麼計畫嗎？」

伊津佳微微歪頭，時子也一臉不安地翻著旅遊書。

看向時鐘，現在是晚上十點過後了。今天的計畫在剛才洗澡時應該已經全部結束了，我還以為接下來只會稍微聊聊天，接著就會熄燈就寢……

「等一下……」

古暮同學露出苦笑……一副「妳們在說什麼傻話啊」的表情。

「這可是教育旅行耶，而且是第一天的晚上。要是按照學校的安排乖乖就寢，豈不是太可惜了嗎！」

……她說的或許沒錯。

高中的教育旅行，一輩子只有一次。

而旅行途中的夜晚也肯定會成為永遠忘不了的回憶……要是只有乖乖睡覺，感覺確實有點浪費。

「可是，妳打算去哪裡呢？」

我感到有些不安，忍不住如此詢問。

「現在都這麼晚了，能去的地方好像也不多……」

「……啊！難不成妳想去吃宵夜嗎！這附近好像有好吃的店喔！」

「才不是呢！」

面對伊津佳的問題，古暮同學激動地回答。

「今天已經邊走邊吃一整天了，要是還繼續吃會發胖吧！」

「那我們要不要去附近的俱樂部聽音樂～～？」

Omochi老師抬起頭，拋出這個問題。

「就算我們玩通宵，只要早上偷偷溜回飯店，老師應該不會發現～～」

「那種地方有年齡限制吧！而且要是玩通宵，我們明天應該會累死！」

的確，雖然出去玩是不錯，但如果會影響到明天，或許就不太妙了。

計畫的進度本來就已經落後，要是我繼續勉強自己，害進度更加落後，就真的無法挽回了……

可是，如果是這樣……

「……那麼，古暮同學，妳到底想去哪裡？」

伊津佳再次問道。

古暮同學究竟打算去什麼地方？

這一帶她應該也不熟，要是漫無目的到處亂逛，不是很令人不安嗎……？

古暮同學傻眼地嘆了口氣。

「妳們還是小女生嗎……」

然後，她那張充滿霸氣的臉龐上浮現出有些魅惑的微笑，用訓話般的口氣靜靜地這麼說：

「……當然是男生們的房間啊。」

*

「……沒、沒問題吧？有看到老師嗎？」

「嗯，好像沒問題……！好，我們走吧！」

「嗯……！」

在古暮同學的帶領下——我們用小跑步的方式衝過昏暗的飯店走廊。

校方規定的熄燈時間是晚上十點。

熄燈時間早就過了，而且去異性的房間是禁止事項，要是被老師們發現，肯定會被臭罵一頓……

然而……

「——妳……妳說男生的房間！」

「——我……我確實有點想見細野同學……」

「——啊～～這是個好主意耶！在旅行的夜晚來場令人臉紅心跳的冒險！這個提議不錯喔！」

「——我的工作也正好遇到瓶頸，想轉換一下心情呢～～」

古暮同學的提議確實很有吸引力。

而我——也有點想見矢野同學，才會跟著大家一起偷偷溜出房間……

……畢竟因為自己迷路，害得旅行第一天被白白浪費掉，實在令人難以接受。至少得在今天的最後見他一面！

我們的目的地是矢野同學、細野同學和修司同學的房間。

時子剛才用ＬＩＮＥ向細野同學確認過了，他們三個人都待在房裡。

我們搭乘遠離老師們的房間的電梯——從我們房間所在的五樓來到都是男生房間的四樓。

矢野同學他們的房間好像就在走廊的盡頭，也就是這棟大樓的角落。

為了不讓別人發現腳步聲，所有人都開始躡手躡腳地前進。

每個房間都傳出男生們開朗的談話聲……讓我的心越跳越快。

……仔、仔細想想，我們的行為還挺大膽的。

居然穿著這種睡衣跑去男生的房間……

那可是密室，還是只有床鋪的狹窄房間……

該、該怎麼說呢……總覺得這樣好像不太檢點……

……不！其實我並不覺得會發生那種事情！

該怎麼說，只是我好像突然害臊了起來——

「——唉～要是能喝個一杯，不知道該有多好～」

——我突然聽到這樣的聲音。

聲音是從走廊的盡頭，矢野同學他們房間旁邊的樓梯傳來——

「——別說那種話了，我們畢竟是負責帶團的人，那麼做有點……」

「——等回去以後，大家再一起去喝一杯吧，就當作是教育旅行慶功宴。」

——是老師。

老師正在巡視——

從聲音聽起來，對方應該是千代田老師、三島老師和秋山老師——

是這次負責帶團的其中三位老師——

「……！」

每個人都——面面相覷。

糟糕，要是被老師發現，肯定會挨罵——

不光是挨罵，搞不好還會受到某種懲罰——

怎麼辦？先撤退回到電梯那邊嗎！

不行，距離太遠了，而且要是我們慌忙行動，腳步聲就會被發現。

難不成要躲進其中一間房間嗎？這個辦法也行不通，我無法突然闖進陌生男生的房間……

「——對了，綴同學那件事後來怎麼樣了？」

「——……沒什麼大問題，指導過程還算順利。」

「——真的嗎？三島老師，是你太溫柔了——」

當我忙著想辦法時，老師們的聲音正逐漸逼近。

聲音已經近在咫尺，只要他們通過十公尺前方的轉角——就會看到我們了。

我拚命動腦思考。

思考哪裡有可以躲藏的地方。

這附近能躲五個人的地方是——

——我想到了。

「——跟我來！」

用唇語這麼告訴大家後——我稍微往回走了一小段路。

在小心不發出腳步聲的同時，我們盡可能快步前進。

然後，當我們經過一個轉角時——就看到了一扇門。

——我們衝向自動販賣機陳列室的門。

那是擺滿販賣酒、飲料、冰棒與輕食的自動販賣機的小房間。

如果是裡面的暗處，應該就能讓所有人都勉強躲起來！

問題在於，老師們也有可能走來這裡。

畢竟他們之中有人喊著想喝酒，有可能是正準備來買東西。

所以我們屏住呼吸——分別躲在嗡嗡作響的自動販賣機後面。

然後，過了很長一段時間——

「——不過，等學生畢業後，我就自由了。還有兩年……」

——千代田老師的聲音在自動販賣機陳列室前停了下來。

不光這樣——

「……嗚哇～～我好想喝～～」

我聽到有人探頭看向裡面的聲音，以及說話的聲音。

「……喂，只喝一杯也不行嗎……反正熄燈時間都過了……」

「……也對，只喝一杯應該還行吧？我們可是教職人員，基本上應該不需要超時工作才對吧？」

聽到千代田老師不檢點的發言，就連三島老師都開始附和。

看來……大事不妙。

在這兩位不良教師的強詞奪理下，禁酒令說不定真的會被解除……

我不由得握緊拳頭。

仔細一看——分別躲在自動販賣機後面的大家全都露出祈禱般的表情，專心聽著老師們的對話。

然後——

「——想也知道不行吧！」

——秋山老師如此斷言的聲音響徹走廊。

「雖然我們確實不需要超時工作，但教育旅行完全符合超時勤務四項目的定義！我們的工作就是二十四小時帶領這個團隊！」

「……我就知道。」

「我想也是……」

千代田老師和三島老師有氣無力地如此回答。

腳步聲逐漸遠離自動販賣機陳列區。

「回去以後，我要跟老公去把今天的份都喝回來……」

「啊，是跟九十九先生一起去嗎？不介意的話，找我一起去吧。」

「……你們在說什麼？我也想去。」

然後，當這些對話聲抵達走廊盡頭，消失在樓梯的上方時——

「「「「……呼～～～～～」」」」

大家一起深深吐了口氣。

＊＊＊

——今天還真是熱鬧。

總算能在房間的床邊坐下來後，我輕輕嘆了口氣。

這裡是飯店的其中一間房間，室友就只有細野與修司這兩個熟人。

因為我已經累癱，有兩個相處起來較自在的室友實在是太好了。

如果可以，我真想直接倒頭就睡。

雖然時間還有點早，但之後也沒有什麼想做的事了。

明天肯定也會發生許多事情，讓我很想馬上熄燈。

……然而——

「……喂，聽、聽說小柊她們要來這間房間耶。」

「咦？真的假的？你說她們，是有誰要來啊……？」

細野和修司突然說出這些話，不知為何慌了起來。

「我記得她們那間房間還有不少其他女生吧？像是古暮同學和Ｏｍｏｃｈｉ老師……

除了柊同學之外，還有誰要過來？」

「……聽說是所有人。」

「所有人？」

修司與細野開始緊張起來。

他們莫名緊張地起身，開始重新整理頭髮，收拾散亂的行李。

然後——

「矢……矢野，女生她們要過來了！」

細野一臉緊張地這麼告訴我。

「我、我看……我們還是先整理一下房間比較好！還有，我勸你最好也整理一下頭髮……！」

「嗯，好……」

如此回答的同時……我有種「細野看起來好像很開心」的感覺。

不光是細野，修司也一樣。

雖然他們都手忙腳亂，臉上充滿困惑……卻露出彷彿內心激動不已，懷有某種期待的表情。

……這也是理所當然吧。

因為這可是教育旅行當天的夜晚，而身為細野女友的柊同學與修司單戀的須藤，都會來到這個房間。

不但如此，這次就連古暮同學和Ｏｍｏｃｈｉ老師都要過來。對男生來說，這當然是件大事。

只是……

「嗯嗯……」

我實在沒什麼興致。

居然有這麼多人……要來這房間啊？

而且五個都是女生……

「……咦？矢野，你怎麼了？」

「喂，你要去哪裡……」

正當我走向房間出口時，他們兩個叫住了我。

「噢……我只是想出去晃晃。」

「咦……你說出去晃晃……可是水瀨同學她們等一下就要來了耶。」

修司一臉驚訝地看過來。

可是，我就是因為這樣才要離開房間。

「嗯……不好意思，麻煩幫我向她們問好。」

「不對吧，你怎麼會說這種話……」

細野一副難以置信的表情。

我還以為這傢伙能體會我的心情……

不過，這也是沒辦法的事。

「我出去一下就會回來。再見……」

我丟下這句話後離開房間。

來到昏暗的走廊上，便能隱約聽見從附近房間傳來的學生交談聲。

雖然熄燈時間快到了，看來還沒有人想睡覺。

「好啦……該去哪裡呢？」

我走在地毯上思考。

可以的話，我希望盡量找個安靜沒人的地方……

我稍微想了一下。

「……我想到了。」

——然後想到一個地方。

自從來到這間飯店後，我就一直想去那裡看看……

於是我轉過身，往走廊另一端的電梯走了過去。

＊＊＊

「——咦？你、你說他出去了……？」

「是啊……」

——我們總算抵達男生的房間。

看到我因為矢野同學不在而感到困惑的模樣，細野同學一臉抱歉地說：

「他是在妳們過來的幾分鐘前離開，還說他等一下就會回來……」

「是、是嗎……」

……他出去了。

……等一下才會回來。

「原來是這樣啊……」

我不由得失望地垂下肩膀。

……總覺得他不會回來了。

我覺得矢野同學短時間內不會回到這裡……

……我一直很期待能在晚上跟他碰面。

光是想到就讓我心跳加速……在今天的尾聲，我很希望能遇上這樣的好事……

有別於心情陰暗的我，Ｏｍｏｃｈｉ老師一臉好奇地環視男生的房間，古暮同學也一臉理所當然地坐在床邊。伊津佳正忙著確認修司同學他們買的伴手禮，至於時子……能夠見到細野同學似乎讓她非常開心。

然而，在這當中……就只有我見不到矢野同學。

「……我要回去了。」

因為太過寂寞，我說出了這句話，讓修司同學和細野同學露出彷彿自己做錯事的表情。

「……這樣啊。」

「抱歉……我沒能阻止那傢伙出去……」

「不，沒關係。很抱歉，這麼晚還來打擾你們……」

說完，我便離開男生的房間。

獨自站在昏暗的走廊上，讓我深深地嘆了口氣。

「……唉……」

今天還真是有夠倒楣……

計畫幾乎毫無進展，這樣真的有辦法讓矢野同學恢復原狀嗎……

我來到電梯前面，抬頭看向樓層平面圖。

矢野同學到底去哪裡了呢……

他應該不至於離開飯店，肯定待在這棟建築物的某個地方才對……

這時——

「……嗯？」

我突然在樓層平面圖上找到一個「令人在意的地方」。

「……難道說……」

我並非百分之百確信。

不過——覺得他肯定就在那個地方的預感開始湧上心頭——

「好，就去看看吧！」

*

「——果然在這裡！」

我來到這個地方——也就是「閱覽室」。

在昏暗房間深處的書架之間發現矢野同學的身影後，我深深吐了口氣。

——這裡就在一樓大浴場附近。

商務飯店裡偶爾會有這樣的小空間，擺放一些毫無節操收集而來的流行書籍，以及不久前的漫畫。

矢野同學就坐在裡面，茫然地拿著書本。

——我就知道他一定會在這裡。

在這間飯店裡，這裡是愛書的他唯一能放鬆的地方——

「……春珂？」

我靠了過去——也許是發現有動靜，矢野同學抬起頭來。

「妳怎麼會在這裡……？」

「抱歉，因為有點想見你，我就找來這裡了……有打擾到你嗎？」

說不定他其實是想一個人獨處。

我想也沒想就跑過來，這樣可能打擾到他了……

可是——

「……不會，沒那種事。」

說完，矢野同學溫柔地對我微笑。

「總覺得書的內容都讀不太進去……」

「這樣啊？會在這裡待上一段時間嗎？我可不可以在旁邊陪你？」

「……嗯。」

矢野同學稍微想了一下後，點點頭。

表情非常溫柔，就跟我們初次見面時，他在社辦裡對我露出的笑容差不多——讓我鬆了口氣，開始在書架上選書。

「……話說回來……」

就在這時，我說出心裡突然想到的事情。

「你真厲害，我明明沒說自己是誰……沒想到你光看臉就能發現我是春珂。」

一看到我的臉，矢野同學就叫我：「……春珂？」

他最近都是一副魂不守舍的樣子。我還以為如果沒有明確的根據，他絕對分不出我是秋玻還是春珂……

「還好啦。」

矢野同學沒有抬起頭，用理所當然的口氣這樣回答。

「那種小事不算什麼。」

「……是這樣嗎？」

「嗯，我看臉就知道了。」

「……這樣啊……」

……他居然分得出來。

就算是現在，矢野同學也還分得出我是秋玻還是春珂……

小小的幸福讓我揚起嘴角，為了不被他發現，我眺望著架上書本的書背。

「——她說大家差不多要回房間了。」

兩個人一起看了一小時左右的書後，我的手機接到伊津佳發來的通知。

聽說為了準備迎接明天，她們已經要回自己的房間了。

「我們是不是也該回去了？」

要是我太晚回去，應該會給大家添麻煩吧。

雖然還想在這裡待久一點，但我也差不多該離開了。

「……也好。」

「嗯，那……我們走吧。」

我們互相點了點頭後，走向閱覽室的出口。

時間很短暫，但這是一段幸福的時光……

我本來還有些沮喪，不過這好像讓我得到繼續奮鬥的動力了。

雖然第一天不是很順利，之後應該還有機會挽回。

嗯！這趟旅行還有兩天，我一定要拚盡全力……！

——也許是因為腦袋裡想著這些事……

「……哇！」

——我的腳好像絆到東西了。

八成是附近椅子的椅腳——

——糟糕，又來了。

我又要跌倒了——

身體大大地傾斜。

重心也變得不穩。

啊啊，我要跌——

「——妳沒事吧？」

——有一股力量支撐住我的身體。

左手上傳來一股——強大的力量。

那是又大又柔軟又炙熱的手掌感觸。

這種事我過去經歷了許多次——

「矢……矢野同學……」

——矢野同學握著我的手，支撐住我的身體。

雖然表情還是有些恍神——但那隻手就跟過去支持著我的時候一樣溫暖。

「——對、對不起！謝謝你！因為這裡很暗，我看不清楚腳邊的東西……」

「啊，嗯，不客氣……」

矢野同學似乎也對自己的行動感到意外，有些愣住了。

這讓我……感到莫名開心。

即使是現在，矢野同學也依然願意幫助我……

就算我們的關係變成這樣，他還是會下意識地出手救我——

「……我們走吧。」

我沒有放開牽著的手，就這樣邁出腳步。為了避免嚇到矢野同學，也為了避免不小心放手，我稍微加重了指尖的力量。

雖然這是個意外……但也算是達成目標了。

這樣應該算是成功跟矢野同學牽手了吧？

——總覺得心中有種莫名的滿足感。

感覺就像是頭一次得知矢野同學的心意，也像是感覺到他發自內心對我的關懷。

我好想一直維持這樣，好想永遠跟矢野同學牽著手——

可是，偏偏就在這個時候——

「……啊，好像快要對調了。」

我感受到體內有種蠢蠢欲動的感覺，說出了這句話。

「抱歉，可以麻煩你轉告秋玻，說我們已經要回房間了嗎？」

「……嗯，我明白了。」

雖然還想稍微保持這樣——但這次我想把剩下的時間讓給秋玻。

因為她今天肯定也一整天都想著要做這件事。

因為我覺得她——也有享受這種幸福的權利。

「……那麼……」

我再次緊握矢野同學的手後，對他這麼說：

「晚安，矢野同學，我們明天見——」

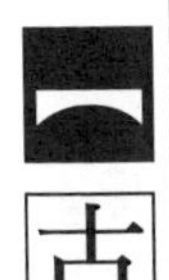

【古都素敵大敵】第二天（白天）

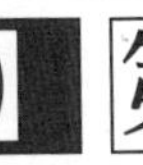
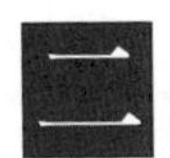

第二十一章

Chapter.21

三角的距離無限趨近零

Bizarre Love Triangle

「——這裡就是京都……」

走下巴士後，這座古城便映入眼中。

我不禁深深地感慨，獨自小聲呢喃。

「首都在這裡存在了千年……」

——總覺得空氣中的味道不太一樣。

背後是意外地充滿近未來感的京都車站。

眼前是有著復古風格的京都塔。

無數汽車駛過旁邊的大馬路。

雖然周圍有許多宏偉的建築物，比起東京的建築物都矮上一截，應該是因為景觀保護條例吧。

為了保護歷史悠久的城市與觀光景點，地方自治團體都會實施景觀保護條例。據說京都的景觀保護條例是「全日本最嚴格」的，不光是建築物的高度，就連看板的顏色都有詳盡的規範。我以前曾在社會課上這麼學到。

不知道是拜這些條例所賜，還是因為這塊土地本身具備的力量，我眼中看到的一切全都有種古色古香的高貴感覺。而這種不同於東京的優雅感覺，讓我的心變得飄飄然。

——時間正好是快到中午的時候。

上午的班級觀光活動就此結束，接下來都是自由活動時間。

我跟伊津佳、修司同學與時子圍成一圈，重新翻閱旅遊書，難掩心中的雀躍。

「仁和寺、金閣寺、下鴨神社、高瀨川……四条大橋也很令人期待，我也想早點到先斗町看看……！」

「喔！秋玻，難得看妳這麼興奮耶～～」

伊津佳莫名開心地探頭看了過來。

「從事前準備的時候開始，我就看妳一副很期待來這裡的樣子～～」

「嗯，因為這裡是我一直想來的地方……」

——在許多故事之中，京都這座城市被拿來當成題材。

例如，三島由紀夫的《金閣寺》與森鷗外的《高瀨舟》。以最近的作品來說，則有森見登美彥的幾部作品。那些作品中描述的京都就跟異世界一樣，能夠親自造訪這座城市，簡直就像是在作夢。

「哎呀～～這樣我反而更有幹勁了！」

身為實際負責決定觀光路線的人，伊津佳看起來幹勁十足。

「畢竟這樣當起嚮導才有意思！今天就讓我們澈底玩遍京都吧！」

就跟她說的一樣，我們小組今天的行程排得很緊湊。

我列出的「想去景點」漂亮地全部排進去了，從熱門景點到冷門景點都涵蓋在內，我們完成了一份可說是「京都全餐」的行程表。

……當然，我的目的並非只有快快樂樂地觀光。

因為昨晚成功牽到手，讓矢野同學恢復原狀的計畫也邁入第二階段。

我今天的目標——是「找出讓他改變的原因」。

原因真的是跟我分手嗎？還是有其他原因呢？

此外——我還得在今天之內找出讓他恢復原狀的方法。

……可是，嗯。

不，我肯定有辦法找到的。

畢竟昨天也達成目標了，今天應該也能順利達成才對。

難得來到憧憬的地方，與其惴惴不安，我更想懷著積極進取的心情。

只是——我還是得先掌握他們小組的動向。

「……那個……」

我向身旁的古暮同學搭話。

「請問你們小組今天打算去哪裡？排好目的地跟順序了嗎？」

「啊～～秋玻，我們啊——」

古暮同學說著，給我看她寫在旅遊書上的今日行程表。

「今天的主題……是『在古都悠閒度過的一天』。細野，你說對吧？」

「嗯，是啊。」

站在旁邊的細野同學點了點頭。

「難得來到這種充滿風情的城市，比起忙碌地跑來跑去，我們更想悠閒度過。這是我跟矢野討論的結果。」

「哦，悠閒度過啊……」

……這主題好像跟我們完全相反耶……

標註在旅遊書上的那些地方，確實都是適合悠閒度過的觀光景點，像是神泉苑、哲學之道、寺町大道的茶店等等……

然後，我在腦海中跟自己的行程表做比對，找尋「雙方小組有機會碰面的地方」

——結果發現一個事實。

「——沒機會碰面……」

有別於目的地碰巧相同的昨天，我們今天連一個同樣的目的地都沒有。

不光是這樣，看起來就連往同方向前進的時間點，以及使用相同交通工具的機會都沒有……

看來——我無論如何都沒機會在京都跟矢野同學碰面了。

……我、我該怎麼辦……！

我現在才開始慌張失措。

事到如今，我們小組已經不可能改變行程了。畢竟伊津佳非常努力地排出行程，我也不能造成大家的困擾

那可不可以請古暮同學他們改變行程呢……？不，我不能那麼做。我不能為了自己個人的任性，就做出那種亂來的事情……

……對了，還有時子。

因為跟細野同學分隔兩地，她昨天難過成那樣，不知道對這件事有什麼看法。

如果現況沒有改變，他們今天也會被迫分開……

「欸，時子……」

我狡猾地隱瞞自己的意圖，向時子這麼問：

「看來妳今天也得跟細野同學分頭行動……這樣好嗎？妳會不會跟昨天一樣覺得寂寞？」

「……我沒事。謝謝妳的關心。」

可是，時子不知為何露出莫名從容的笑容這麼回答。

「因為我昨晚已經跟細野同學……享受了一段悠閒的時光……」

——對了，我聽說在大家跑到男生房間後……

時子跟細野同學有一段時間不知道跑去哪裡了……

……雖然不曉得他們當時發生了什麼事，但應該是度過了一段幸福的時間吧。我想肯定是那種不可告人的兩人時光……

……我有點羨慕他們。

總之，也許就是因為這樣。

「我今天想跟小組的大家一起，盡情享受這趟京都之旅……」

時子表情從容——感覺不會跟我一起提出希望變更行程的要求……

……我偷偷看向矢野同學。

他正在跟細野同學聊天，還不時點頭示意。

「唉……」

今天應該……只能放棄了。

雖然三天行程的第二天非常寶貴，但也只能賭在最後一天了吧……

「……那個～～」

——一道細微的聲音從身後傳來。

「妳好像很困擾呢～～」

回頭一看——原來是Omochi老師。

Omochi老師壓低音量，若無其事地向我搭話。

「咦？什麼困擾……」

「——是因為矢野同學的事對吧～～？」

面對一臉困惑的我，她明確地說出這個名字。

「秋玻，在這趟教育旅行中，我發現妳莫名在意矢野同學～～他最近正好有些心不在焉，妳是不是想要解決這個問題～～？」

「……為、為什麼？」

我不由得轉頭看向Omochi老師。

「妳怎麼會發現……」

我一直都在盡量避免被人發現這件事。

我沒把這件事告訴任何人，也盡量不表現在臉上。

然而，為什麼……

「看就知道了吧～」

Omochi老師很乾脆地如此斷言。

「畢竟我從妳那邊鉅細靡遺地聽說過你們經歷的一切，甚至還特地寫了首歌～」

……我確實曾經把自己跟矢野同學之間的事情全都告訴Omochi老師。

包括我為了與春珂之間的三角關係煩惱，以及即使如此也無法壓抑自己的情感。

不過，就算是這樣，我也沒想到居然會被Omochi老師發現。

我還以為她對這種事不太感興趣……

「……妳猜得沒錯。」

不管怎麼樣，反正也沒辦法繼續隱瞞，我便老實地承認了。

「自從文化祭結束以後，矢野同學就一直都是那樣。我覺得那是自己的錯，才想要利用這次教育旅行解決問題……」

我把自己的三階段計畫告訴Omochi老師。

包括「牽手」、「找出原因」與「解決問題」這三個步驟，以及第一天的目標已經達成。

還有——今天似乎會稍微陷入苦戰的事情。

結果……

「原來如此～～……那妳等我一下～～千景，過來一下～～」

「……嗯？什麼事？」

Omochi老師開始跟古暮同學交談。

她……她們兩個人到底在說什麼……

正當我感到不安的時候——

「很好～～我已經有結論了～～」

Omochi老師重新看向我。

然後她——

「今天就交給我們兩個吧～～」

「……咦？」

「意思就是……」

說完，古暮同學用彷彿在閒話家常的表情這麼說：

「我們會幫妳找出矢野變成這樣的理由。」

「咦……妳說什麼……！」

我大聲叫了出來。

伊津佳與修司同學他們一臉狐疑地看過來。

我趕緊摀住嘴巴。

「妳、妳們為什麼……妳們兩人？咦咦……？」

「那個～我要先向妳道歉。我擅自把這件事告訴千景了～因為我覺得要是行動太過拖泥帶水，對方可能會起疑～……」

「我知道……雖然有點難為情，不過沒關係……」

換作是平常，我並不希望她這麼做，但這次算是別無選擇。

要是隱瞞太多事情，別人也會反感……

「不過，矢野變成現在這樣多久了？有一個多月了嗎？既然過了這麼久都完全沒有改善，不就應該從其他方向下手看看嗎？」

「……或許是這樣吧。不過，我沒想到連妳都發現矢野同學變得不太對勁……」

「當然會發現啊，畢竟他完全變了個人。」

說到這裡，古暮同學頭一次一臉理所當然地笑了出來。

「連頭髮都變得亂七八糟。以前的他，該怎麼說呢……給人一種更緊繃的感覺，無論是好是壞。」

……無論是好是壞。嗯，也許真的是這樣吧。

我就是喜歡矢野同學的這種地方，但他本人有時候正是為此所苦，而且他那種個性

也可能給人一種不好相處的印象。

「再說……我也有些話想對矢野說。那是我一直放在心上的事情。」

「妳想對他說什麼……？」

「嗯～我現在還不能說。等到可以說的時候，我可能就會告訴妳了。」

「這、這樣啊……」

「總之——我們會多方嘗試的～」

Ｏｍｏｃｈｉ老師——說著挺起胸膛。

「有些事情只有無關的外人才能辦到不是嗎～妳想做的事情，就是找出矢野同學變成這樣的原因吧～？」

「……嗯，就是這樣。可是，這樣真的好嗎？在這麼寶貴的旅行期間，我還拜託妳們做這種事……」

「哎呀～這完全不是問題～因為這件事好像很有趣～」

「……咦？」

……好、好像很有趣？

那個……這樣真的沒問題嗎？她們真的會認真幫忙嗎……？

我總覺得有點不放心……

可是，對於我的擔憂，Omochi老師她們一點都不放在心上。

「那我們就先～～……多方嘗試，看看矢野同學會有什麼反應吧～～」

「嗯，這是個好主意。觀察他的反應，或許就能找出一些線索。看看什麼樣的刺激會讓他做出什麼樣的反應。」

「如果是整人大作戰那樣的刺激，那傢伙應該也會被嚇到吧？」

「有道理～～我們要嚇嚇他嗎？色誘或許也是一種選擇～～」

「——兩……兩位！」

眼看她們越聊越起勁，我趕緊從旁插嘴。

「拜託妳們別太亂來……！我覺得嚇人或色誘之類的手段有點……」

「我只是開玩笑～～妳不用擔心啦～～」

「別擔心，我們不會害妳的。」

「……那、那就好……」

……她們果然只是在玩吧？

她們是不是想利用矢野同學的處境找樂子……？

她們真的會幫我找出原因嗎……

……可是……

「……呼～～」

我深深吐了口氣，換個想法。

反正……像我這樣太過認真也不是好事。

一旦把自己逼得太緊，本來看得見的事情也會變得看不見。懷有這種程度的從容或許也不是件壞事。她們兩人主動說要幫忙，真的很令人感激，我不如就放手交給她們去做吧……

「那就……麻煩兩位了。真的很感謝妳們。」

「不客氣～～那就晚點見嘍～～」

「再見～～」

說完，Ｏｍｏｃｈｉ老師露出介於笑容與嚴肅之間的表情，比了個勝利手勢；而古暮同學則是輕輕揮了揮手，往矢野同學他們那邊走去。

……我果然還是不太放心。

＊＊＊

「——嗨嗨～～矢野同學～～！」

「……哇……！」

在京都車站前面，學生們三三兩兩地分別踏上觀光之旅。

我正在跟細野聊天，但背後——突然被Omochi老師使勁拍了一下。

「好、好痛……」

我輕撫挨打的地方，完全搞不懂自己被打的原因。

這人到底是怎麼回事……她是會做這種事的人嗎……？

仔細一看，古暮同學也在她旁邊，像是在觀察反應般探頭看向我的臉。

「妳……妳們想幹嘛……為什麼突然打我……發生什麼事了？」

「咦～沒有啦～我只是想知道你今天精神好不好～」

「就是說啊，要是組員的身體出狀況就麻煩了～」

「……謝謝關心，我很有精神。」

「那就好～」

說完，Omochi老師瞇起眼睛。

然後她瞥了古暮同學一眼。

「……哼哼，很久沒見過這麼明顯的反應了呢～」

「看來還是需要給他強烈一點的刺激。」

「……妳們在說什麼？」

「啊，不好意思～～這是我們兩個的事情，請不要放在心上～～」

說完，Omochi老師揮揮手。

然後她清了清喉嚨，轉身面對全體組員。

「那麼～～我們馬上出發，悠閒地在京都觀光吧～～」

「等等，在出發之前——」

「你們肚子餓不餓？雖然時間有點早，我們要不要先去吃個午餐？」

古暮同學輕輕舉起手。

「我也快要餓扁了～～」

Omochi老師弱弱地喊餓。

經她們一說，我才發現快中午了，趁著人還沒變多先去餐廳吃飯也是一種選擇。

細野似乎也有同感。

「嗯，我也有點餓了，這樣正好。」

「我就說吧。」

說完——古暮同學邁出腳步，走在我們前面帶路。

「有一間我想去的店就在附近，我們到那裡吃午餐吧！」

＊

「——咦！好紅！這根本就只有紅色吧！」

「真的耶～～！」

「比我想的還要誇張……」

看到店員端上來的碗——細野、Omochi老師與古暮同學一陣騷動。

眼前的碗裡確實充滿了鮮紅色的湯汁。

雖然也能稍微看到麵條，上面還擺著叉燒、蔥花、海苔等配料，但整碗麵給人的印象就只有「一片紅」。

「哇～～真是令人期待呢。」

「啊，沒吃完的人要負責買單喔。」

「別擅自決定啦！可惡～～不知道我吃不吃得完……」

古暮同學帶我們來到的地方——是一間拉麵店。

從車站徒步幾分鐘就能到這間裝潢時尚，店裡也非常乾淨，很受觀光客歡迎的店。

……我確實聽說過京都的拉麵店很受歡迎，也曾想過總有一天要來吃吃看。而且我

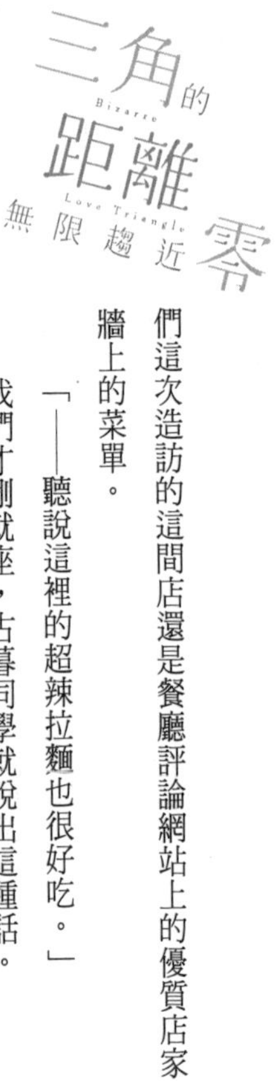

們這次造訪的這間店還是餐廳評論網站上的優質店家，在感到期待的同時，我看向貼在牆上的菜單。

「——聽說這裡的超辣拉麵也很好吃。」

我們才剛就座，古暮同學就說出這種話。

「大家都吃超辣拉麵吧。不好意思～麻煩來四碗超辣拉麵！」

……可是我想吃普通拉麵耶。

我並沒有那麼喜歡吃辣，難得有機會來到這裡，我想吃這間店最受歡迎的食物……

不過，其他兩人似乎沒有什麼不滿。

「喔，好耶～我喜歡吃辣，真是期待～」

「真的假的？算了，我就挑戰看看吧……」

大家你一言我一句，很快就這麼決定了。

然後過了十分鐘左右，這些紅通通的碗就被端上來了。

大家異口同聲說了「我開動了」之後，戰戰兢兢地吃了起來。

我最先感受到的是湯頭的濃郁香氣。

這湯頭的美味程度，確實不難理解為何會受歡迎——

「——！」

——下一瞬間，那股辣味就湧上來了。

「嗚哇！好辣！真的假的啊！我舌頭好痛！」

「喔喔～這還真是不得了呢～」

「喂，這真的很辣耶……！超出我的期待了～！」

這種近乎暴力的辛辣讓組員們都驚訝地睜大眼睛。

細野甚至吃到開始額頭冒汗，眼角含淚。

「……這是我人生中吃過最辣的東西……」

「我也是……這個是不是有點不妙？」

古暮同學一邊表示贊同一邊配著大量的水吃麵。

話說回來，這麵明明是古暮同學點的，她卻不是特別喜歡吃辣的樣子。這人到底想怎樣……為什麼跑來參加教育旅行，還要做這種苦行……

「哇～可是真的很好吃耶～」

Omochi老師似乎意外地喜歡吃辣。

在我們之中，她是唯一笑容滿面地大口吃麵的人。

「啊～這間店真棒！要是開在我家附近，我每週都會跑來報到～」

有這麼棒嗎？

不過在這股辣味底下，確實能品嚐到湯頭的鮮甜，要說好吃也是沒錯，但我還是想吃普通拉麵，而不是超辣拉麵……

「……嗯？」

就在忙著吃麵的時候，我發現古暮同學用莫名認真的表情注視著我。

「……怎麼了？」

「……嗯？啊，不，沒事。」

古暮同學一臉若無其事地揮了揮手。

「不用在意我，你專心吃麵吧。」

「……嗯。」

在一頭霧水的情況下，我不太自在地繼續吃麵——

「——啊，喂～～？我要回報一下狀況～～」

我們總算順利吃完超辣拉麵，從店裡走出來。

Omochi老師突然拿出手機，打電話給某人。

「對對對……他吃了那種超辣拉麵。對，那真的很辣～～……嗯嗯，可是，他還是～～沒有太大反應～～……」

……怎麼回事？

她好像是在報告剛才那間店的情況。

難道她是在告訴家人旅行途中發生的事情嗎……

「所以～～我想試著給他辣味以外的刺激～～……我想想～～我想到一招了……我覺得還是應該來點限制級的刺激，妳覺得怎樣？就是那種會讓人臉紅心跳的～～……不，妳不用擔心～～我們會用更溫和的手段～～」

限制級？溫和的手段……？

到底要報告什麼事情才會說出這樣的對話……？

就在我感到狐疑的時候，Omochi老師說了句：「那我晚點再打給妳～～」然後就掛斷電話了。

「……妳打給誰啊？」

「啊，不好意思～～這是我私人的事情，請不要放在心上～～」

說完，Omochi老師慌張地收起手機——接著邁出腳步。

「好啦～～既然填飽肚子了，我們就去下一個地方吧～～千景～～下一站要去哪裡啊～～？」

「我看看……下一站是……」

翻開旅遊書後，她回過頭來微微一笑。

「——是細野想去的『哲學之道』。」

*

「……哦，這裡真是個好地方。」

我們抵達下一個目的地——也就是「哲學之道」。

看到眼前的光景，我自然發出讚嘆聲。

「總覺得心情非常平靜……好想在這種地方看書……」

——哲學之道。

這是從若王子神社到銀閣寺之間的疏水道小路的別名。

這裡有鋪著石板的小路，兩旁還有長滿紅葉的樹木。疏水在旁邊靜靜地流，以前的哲學家會一邊在此散步一邊沉思也是可以理解的事情。

如果待在這麼安穩的地方，想必會靈思泉湧吧。

色彩的對比十分鮮明，空氣中含有清爽的水氣，光是待在這裡就有種腦袋變清晰的感覺。

其他人似乎也被這個地方所感動。細野瞇起眼睛欣賞長滿紅葉的樹木，Ｏｍｏｃｈｉ老師和古暮同學也側耳聽著河川的流水聲。

這趟熱鬧的旅行開始後，這是我們頭一次平靜度過的時光。

因為機會難得，我不禁希望這種氣氛能永遠持續下去。如果我可以擺脫多餘的情感起伏，一直平穩度日就好了……

就在這時——看著疏水道的古暮同學抬起頭來。

然後平靜地看向細野。

「對了……」

在流水聲的伴奏下——她靜靜地問：

「你跟女朋友愛愛了嗎？」

——他嗆到了。

正瞇著眼欣賞風景的細野被嗆到了。

「愛、愛……！」

「是啊。你們不是已經交往超過一年了嗎？」

古暮同學不是在說笑，而是用極其自然的口氣這麼問。

「交往這麼久了，應該不可能什麼事都沒發生吧？」

「……這、這個嘛……嗯，是有……」

「我想知道那到底是怎麼回事。」

古暮同學在疏水道旁邊漫步，低頭看向水面。

「因為啊～我還不曾跟別人交往過，完全沒有那方面的經驗。」

「……哦，這真教人意外。」

細野總算稍微恢復冷靜，驚訝地瞪大雙眼。

古暮同學看起來確實比較像是情場老手。

她五官端正，而且就連像我這樣的男生都能一眼看出她很注重打扮。我還聽說班上有人對古暮同學有意思。

雖然她被修司甩掉了，但就算以前曾有過男朋友也不奇怪，我實在想不到她居然沒那種經驗。

「哎～別看我這樣，其實我很不擅長那種事。」

古暮同學看向樹上的紅葉。

「雖然有人說我看起來很愛玩，很會讓男人哭泣，但我完全不是那種人。」

「千景反倒是那種總是因為單相思而哭泣的女生呢～」

「那……那種事不用說出來！」

Ｏｍｏｃｈｉ老師的爆料讓古暮同學有些慌了。

「……不說這個了。」

她清了清喉嚨，硬是拉回正題。

「總之，我想知道情侶之間到底是怎麼相處的，跟喜歡的人兩情相悅是什麼情況，實際交往後又是什麼感覺。」

「……是、是這樣嗎？」

「我也想知道～」

Ｏｍｏｃｈｉ老師輕輕走到細野身旁，接著古暮同學的話繼續說下去。

「我一直窩在家裡～男性朋友就只有矢野同學跟你～我想知道高中生都是怎麼談戀愛的～」

「……原來如此。」

聽到她們這麼說，細野似乎也沒辦法狠心拒絕。

儘管有些猶豫，他還是說了。

「那個……因為這不是我一個人的事情，我沒辦法擅自說太多，不過……我們確實做過不少事情……」

「不少事情？」

可是，古暮同學沒有輕易放過他。

「抱抱跟親親應該有做過吧？」

「這、這個嘛……我們畢竟是高中生了……那種程度的事當然……」

「那有摸摸嗎？裸裎相見了嗎？」

「那種事情就……呃……」

「應該都做過了吧？那有上過本壘了嗎？」

「……呃，這問題有點……」

……問這種事情真的好嗎……

細野的女朋友柊同學也是我朋友。然而，我們卻擅自打聽「她跟男朋友到幾壘」這種私密問題，這樣真的好嗎……

總覺得很有現實感，害我不知道該做何反應……

細野額頭冒汗，眼神到處亂瞟。

然而，古暮同學又進一步拋出尖銳的問題——

「感覺如何？她看起來會不會痛？」

「呃，這個……」

「是不是只要做過一次，之後就能正常進行？」

「呃，那個……」

「還有，你們有沒有沉迷其中？」

——聽到這個問題時……

細野似乎再也忍不住了。他用雙手摀著臉——當場蹲了下去。

然後用微微顫抖的聲音說：

「……求求妳們放過我吧……」

他害羞的模樣還真是充滿少女情懷。

雖然乍看之下不好相處，但他其實是意外純情的傢伙。

看到他這副模樣，古暮同學和Ｏｍｏｃｈｉ老師似乎也有所反省了。

「……啊～～」

「我們好像做得太過火了～～……」

她們兩人在細野旁邊蹲下。

「對不起，我不小心問太多了……」

「真是抱歉～～我們也是有苦衷的，請你原諒～～……」

「——看來限制級的刺激也沒用～～他一點反應都沒有～～……」

離開哲學之道後，我們跑到附近咖啡廳的戶外座位喝下午茶。

Omochi老師又開始打電話給某人了。

「嗯……嗯，妳放心～～我們只是稍微打聽一下細野同學和柊同學的小祕密～～……啊～～妳先別生氣～～反正細野同學幾乎沒回答問題～～」

……她果然是在報告這次旅行中發生的事。

而且還提到了細野和柊同學……難不成對方不是她家人，而是我們認識的人？

這樣的話，我就能大致鎖定一些人了……

「順便問一下～～妳那邊有沒有什麼想法～～？妳覺得他可能會對什麼樣的刺激有所反應～～……？嗯……嗯，原來如此～～……那聽起來確實是個好主意。我明白了，我會試試看～～」

說完，Omochi老師掛斷電話。

然後——

「……我有個想去看看的地方～～」

她看向我們，說出這樣的話。

「雖然剩下的時間不多了……能不能讓我過去那邊看看～～？」

*

——兩小時後。

來到Ｏｍｏｃｈｉ老師說要來的地方——三十三間堂後，我們都說不出話來。

「……」

「……」

「……」

每位組員都啞口無言。

只是靜靜地被眼前的光景所震懾——

——三十三間堂是位於東山區的佛堂，其正殿與一千零一座千手觀音像都被指定為國寶。

應該有許多學生都透過學校的歷史課知道這間佛堂的存在。就算忘記名字，也可能

會對那個在典雅的長廊型佛堂裡，無數佛像彷彿複製貼上般並列的光景有印象。

我本人在看到課本照片上的佛像大軍時，也不免大受震撼，說出「這些佛像幾乎都是鎌倉時代的產物嗎……！」這種話。

而我們這次會來到三十三間堂——

「——我無論如何都想去參觀一下～」

都是因為Ｏｍｏｃｈｉ老師突然這麼主張。

「矢野，你也喜歡那種東西吧～？想去看看對吧～？」

……我確實想去參觀一次看看，而且其他組員似乎也沒有意見。於是，我們拋開之後的所有行程，決定前去一探究竟。

然後——我們親眼見到的佛像大軍，莊嚴的程度遠遠超出我們的預期。

雖然乍看之下是量產品，其實這些千手觀音像都是手工打造的。

每一尊佛像都精緻得吸走每個人的目光，而正殿裡有多達一千零一座這樣的佛像。

這裡有毫無疑問透過「人力」累積起來的歷史震撼力。

在忘記呼吸的情況下參觀完畢後，我們走出三十三間堂。

「……好、好壯觀。」

「這魄力真不是蓋的……」

「我真的有點被嚇到了～～」

我們依然處於有些恍神的狀態，走向通往飯店的公車站牌。

「呃，我從以前就一直聽別人說這裡很壯觀。」

看上去還有些興奮的細野繼續說下去。

「可是親眼看到的感覺果然不一樣，感覺有種魄力，又或者是某種重量……」

「……矢野，你有什麼感想～～？」

走在前方不遠處的Ｏｍｏｃｈｉ老師回過頭來這麼問。

「那裡真的很壯觀吧～～你有沒有受到感動～～？」

「……嗯，我也這麼覺得。」

我一邊感慨地嘆氣一邊對她點了點頭。

「我很感動，有去參觀真是太好了……」

這是我的真心話。

我覺得自己誠實說出了在佛堂受到的震撼。

然而——

「……嗯～～這次也還是沒反應啊～～」

Ｏｍｏｃｈｉ老師不知為何露出略顯不滿的表情。

就連古暮同學都說：

「傷腦筋，沒想到做到這種地步也沒用。」

而且她還嘆了口氣。

——這種反應不免讓我有些在意。

最近我身邊的人經常展露出莫名其妙的態度。

秋玻……春珂……

修司和須藤也一樣。

不過——這兩個傢伙表現得比任何人都明顯。

今天的她們毫無疑問懷有某種意圖——

「……那個……」

走到公車站牌後——我總算下定決心問了。

「妳們兩個……到底想幹什麼？」

聽到我這麼問，Omochi老師和古暮同學都陷入沉默。

「妳們一直在試探我，觀察我的反應對吧……？妳們這麼做到底有何目的……？」

也許是沒想過我會直接這麼問吧。

她們兩人都愣在原地，說不出話。

然而——

「……哎，也是～」

Omochi老師突然死心地嘆了口氣。

「都做到這種地步了，你會發現也很正常吧～」

古暮同學也露出舉手投降般的表情。

「……我們乾脆直接問了吧？不管是拐著彎問，還是想隱瞞意圖，都不是辦法。要不要直接問看看？」

「……有道理～」

「細野，我們接下來要聊些比較嚴肅的話題，你介意嗎？」

「……嚴肅的話題？」

細野似乎完全不知情，露出狐疑的表情。

「那是……跟矢野有關的事嗎？」

「沒錯。」

「那麼……我當然不介意。」

「謝謝你的諒解～」

細野點頭同意後——Omochi老師用下定決心的表情看了過來。

太陽差不多要下山了，在奶油色陽光的照耀下，那模樣看起來就像是青春電影中的一幕。

「欸，矢野，文化祭的時候發生了什麼事～～？」

然後她向我如此問道。

「咦？文、文化祭……？」

「嗯，自從那天以後，你給人的感覺就跟以前不太一樣了。」

古暮同學接著回答。

「所以我們才會好奇你到底怎麼了。我知道你跟秋玻分手的事情，可是，我沒聽說你們分手的理由，也不清楚那是不是讓你改變的原因。」

……我給人的感覺變了。

原來是這樣啊……

我還真是毫無自覺。難不成大家的態度會改變，也是因為這樣嗎……？

「而我們今天就是想找出那個原因～～」

「沒錯。我們想說如果多方試探，說不定就能明白些什麼。」

「可是，結果我們失敗了～～」

Omochi老師一臉沒出息地垂下肩膀。

「我完全猜不出來～～因為你都沒什麼反應～～」

「所以，我們才想直接問你——」

然後，古暮同學筆直注視著我的眼睛。

「——矢野，到底發生什麼事了？還是說，你只是單純因為跟秋玻分手受到打擊？文化祭當天還有發生其他事嗎？」

——經她這麼一說，我想了一下。

回想當天發生的事情。到底是什麼大事有可能改變了我……

在我們等車的公車站牌對面，零星的幾輛車子飛馳而過。

不光是京都的車牌號碼，全國各地的車牌號碼都看得到，讓我想起這裡是觀光勝地，而我們卻在這種地方聊這種事，總覺得有點不可思議。

「……沒錯。」

我一邊回想，一邊喃喃地說。

「那天發生了許多事情……我跟秋玻分手就是一件。而且理由還跟春珂有關……」

「……你這話是什麼意思？」

聽到我不小心說出這句話，古暮同學用前所未有的尖銳語氣問道。

「你們為什麼會因為春珂而分手？」

「……那、那是因為……那個……」

這個問題——讓我很難回答。

因為我覺得答案非常糟糕，就算我因此被人看不起也怪不得別人。

然而——

「……我害她感到不安了。」

被人當面這麼問，讓我無法繼續隱瞞。

像是在自白罪狀一樣，我向古暮同學招出一切。

「秋玻懷疑我可能也喜歡春珂。而我……也變得搞不懂自己。我到底是不是只喜歡秋玻？是不是對春珂完全沒有戀愛方面的情感……」

……連我都覺得說這些話的自己爛透了。

在跟雙重人格者的其中一方談戀愛的同時，卻可能又愛上了另一個人格。這樣太不誠實了——感覺好像我只要有人愛就好。

結果如我所料——

「這樣～～……」

Omochi老師難過地皺起眉頭。

「感覺秋玻跟春珂都好可憐～～……」

……我覺得她說得沒錯。

我真的沒辦法替自己辯白。

只是——

「……這樣啊，原來如此。」

令人意外的是——古暮同學一副感到釋懷的樣子。

她露出彷彿想通了什麼的表情，點頭如搗蒜。

「原來背後還有這樣的原因，我終於懂了……」

然後她再次轉過頭來，微微歪著頭問：

「那天發生的事就只有這樣嗎？是不是還有發生其他事情？」

……那天發生的事情確實不只這件。

在聯合舞台活動的尾聲，霧香對我說了那些話。

「還有就是……有熟人對我說了些話……」

『矢野學長——你應該覺得很開心才對。』

『就是扮演角色與人相處這件事。』

『以及為了製造那場驚喜而扮演開朗角色這件事。』

『還有就是——當時跟我在一起的那段日子。』

——霧香對我說過的這些話就像小說裡的一節，一直殘留在腦海中。

即使是遲鈍的我，在聽到這些話的瞬間也明白了。

——她完全說中了。

霧香說的那些話全是事實——

對於扮演角色這件事，我樂在其中。對於扮演一個開朗的人，將計畫導向成功這件事，我感到幸福。

——我一直想做個「一貫的人」。

希望自己不需要扮演別人，也不需要偽裝自己，無論何時都能做真正的自己。對於辦不到這件事的自己，我甚至感到厭惡——原本應該是這樣才對。

然而，我卻對扮演角色這件事感到快樂。

——這個顯而易見的矛盾，就存在於我的心中。

所以——

「……那位熟人說了什麼？」

面對古暮同學的這個問題，我無法好好回答。

「那個，就是……跟我自己的生存之道有關的話……」

「那對方到底說了什麼……？」

「……這個嘛……」

我說不出話來。我不曉得該如何向她解釋。

……不，不是這樣的。

其實——我只是不想說罷了。

——我不想說出霧香對我說過的那些話。

這是我久違的強烈願望。

自從文化祭過後，我頭一次有這種強烈的抗拒感。

這……讓我總算注意到了。

原來如此，自從被秋玻甩掉的那一天以後，我就變得無法湧出強烈的情感了——

在馬路另一頭，我們要搭的巴士開了過來。注意到這點後，古暮同學呼了口氣。

「……既然你這麼不想說就算了。抱歉，我好像問太多了。」

Omochi老師也尷尬地垂下目光。

「真的很對不起～我們太沒禮貌了，居然過問這種私人的事情～～……」

「……不，我才要向妳們道歉。我沒能把事情說清楚……」

然後，Ｏｍｏｃｈｉ老師像是要轉換心情般露出笑容。

「那麼……我們回飯店吧～」

「……嗯。」

點點頭後，一直默默聽著這一切的細野溫柔地拍了我的背。

——當我們搭上巴士，各自抓住吊環後，車子便開始動了起來。

也許是因為在坡道上行駛，車身大大地晃動。

現在是下午四點過後。明明時間不早不晚，車內卻擠滿了觀光客，讓我們沒有機會交談，只能茫然地望著窗外。

太陽正要沒入低矮的城鎮之中。

總覺得這個安穩沉靜的光景——跟我們的故鄉有點像。

眼前的景色，跟我和秋玻與春珂從社辦眺望出去的黃昏光景非常像——

——我突然胸口一陣痛楚。

我已經很久沒有這種感情了。

既像是想立刻見到她們，又像是想跟她們講講話，心裡煩躁不安。

說不定……跟Omochi老師與古暮同學的對話，讓我有了某種改變。

不曉得她們兩個今天過得如何？

她們去了哪裡？心裡又在想些什麼？

想像她們兩人的身影，讓我沒來由地再次感到心痛。

「……矢野。」

也許是發現我的表情不對勁，站在旁邊的Omochi老師露出有些驚訝的表情。

「你怎麼了～～有什麼心事嗎～～？」

「……這個嘛，嗯，原因我也不知道。」

稍微想了一下後——我誠實說出自己的心情。

「——我只是想見秋玻與春珂一面。」

「……這樣啊～～」

Ｏｍｏｃｈｉ老師將視線移回前方，咬著下脣。

她苦笑了一下。

「……果然……」

然後用如釋重負的語氣——這麼說：

「能讓你露出那種表情的人，就只有她們兩個了——」

第二十二章

Chapter.22

「打機少年」第二天（晚上）

「——事情大概……就是這樣～……」

「這樣啊……謝謝妳……」

Omochi老師把今天發生的事都告訴我了。

我向她道謝後，伸了個懶腰。

沒想到她居然真的幫我找到原因了……

沒想到她居然不惜直接問矢野同學，也要幫我找出正確的原因……

……真是太感激了。

我跟春珂八成不敢直接這麼問吧。

不是會有所顧慮，就是會太緊張，中途就會退縮了吧。

對不起，我還懷疑妳只是抱著玩樂的心情做這件事……妳真的幫了大忙……

……至於矢野同學改變的原因——

一個是「與我分手」，另一個是「熟人對他說的話」。

這個熟人八成是霧香……

我記得矢野同學和霧香當時好像有在後台說了些話……

也就是說，我接下來應該打通電話給她……然後……
「嗯，嗯嗯～～……」
我努力動腦筋，思考明天的計畫。
我打算擬定出讓矢野同學恢復原狀計畫的最終階段草案。
……可是——
「……唉～～……」
不行，完全想不出來。
因為熱水讓身心完全放鬆，再加上一整天累積下來的疲勞，讓我不想思考複雜的事情……
——我們目前在大浴場。
這裡是今晚住宿的飯店附設的大浴場。
現在，Omochi小組和伊津佳小組的所有女生都聚在這裡，一起泡在浴池裡。
「哎呀～～這果然是旅行的醍醐味呢～～……」
伊津佳把下巴以下的身體全都泡在熱水中，發出這樣的感嘆。
「跟朋友一起悠閒地泡湯……看風景吃美食雖然也不錯，但這果然才是至高無上的幸福～～……」

……她說得很對。

直到昨天，也就是教育旅行第一天的晚上為止，我都不曉得跟大家一起洗澡是這麼棒的事情……

第一個優點是浴池很大。

除了我們之外，還有十多個人都泡在浴池裡。這個浴池遠比家裡的單人浴缸還要大，雖然沒有要在裡面到處跑，卻讓我莫名覺得開心，有種放鬆下來的感覺。

此外，可以在裡面跟朋友裸裎相見也是件好事。像這樣跟大家一起泡在浴池裡，不知為何就讓人有種能敞開胸懷聊天的感覺。到底是為什麼呢？是因為身上一絲不掛，彼此都毫無防備嗎？還是因為熱水太舒服了？

搞不懂，雖然不曉得原因……不過這讓我莫名感到幸福。

「……啊～～我有一種感覺～～」

以至於——身旁的古暮同學突然說出這句話時，我有一瞬間毫無抗拒地接受了。

「……要是可以跟男生們一起洗澡就好了～～」

「嗯……就是說啊……咦！」

那一瞬間結束後，我大聲叫了出來。

「妳……妳說跟男生一起洗澡嗎……！」

她、她到底在說什麼……？

我、我絕對沒辦法做出那種事……被男生看到裸體太難為情了……！

話說，古暮同學的發言未免太大膽了吧……

「……喔喔，古暮同學，想不到妳居然是個豪放的色女……」

「雖然我們認識很久，但我還是嚇到了～妳剛才說的話，我不會告訴老媽和伯母的～」

伊津佳和Omochi老師也免不了被她的發言嚇傻。

時子甚至用看到外星人般的眼神看著古暮同學。

也許是覺得這種情況不太妙。

「等、等一下，妳們不要誤會啦……」

古暮同學慌張地開始為自己辯解。

「那種事實際上我也絕對辦不到。與其給男生看到裸體，我寧願死掉算了。我知道那種事在現實中不可能發生……可是……」

她放鬆身體，整個人軟了。

「我現在……覺得自己跟在場的大家都能變成好朋友。在學校裡還是會有許多小團體，也會有不喜歡的傢伙，無論如何都無法跟所有人變熟不是嗎？可是，我覺得現在的自己就辦得到。」

「原來如此……」

……如果是這種意思，我好像有點理解。

現在這一瞬間，就算是不擅長應付的人，我也覺得自己有辦法輕鬆地跟對方說話，也會覺得情感上的距離似乎縮短了。

「然而……只因為性別不同，就讓這種機會只存在於同性之間……我覺得這樣有些可惜。在班上的男生之中，我也有不少想變熟的對象……」

「原來是這樣啊～～這個我同意～～」

「確實沒錯，如果是在浴室，就算是陽光型的人，我也能敞開心胸～～」

伊津佳和Ｏｍｏｃｈｉ老師異口同聲表示贊同。

而且——

「……這想法很有意思。或許真的是這樣……」

連時子都表示贊同。

可是……如果跟男生一起洗澡，比如說……跟矢野同學一起洗澡……

……

……

……

不行，我果然無法保持冷靜。

即使對方能保持冷靜，我腦中也會充滿各種思緒，一直在意著對方，完全無法「敞開心胸」……

我真是糟糕……依然是個心中充滿煩惱與雜念的女人……

「……就是在這種時候，我才有一些話要說。」

然後——古暮同學很自然地繼續說出這種話。

「其實……我以前一直不太擅長應付秋玻。」

「……咦！」

自己的名字在意想不到的情況下出現，讓我不由得語塞。

「……就是，該怎麼說呢？」

古暮同學一臉過意不去地搔了搔頭。

「我覺得妳跟我是不同類型的人。明明有矢野這個男朋友，還總是一副成天煩惱的樣子……而且明明是自己甩了人家，在這趟旅行中好像還莫名在意那傢伙，讓我完全搞不懂妳……」

「原來是這樣啊……」

……不過，經她這麼一說，事情可能真的就是這樣。

如果不清楚內情，確實會覺得我的態度莫名其妙。主動提分手，卻又那麼在意他。

就算別人覺得我自私，或許也是理所當然。

「可是，嗯……經過這次的事情，我總算明白了。」

古暮同學點了點頭後——對我一笑。

「妳是因為有自己的苦衷才會這麼做……讓我覺得好像可以跟妳變成好朋友……」

「這樣啊……謝謝妳。」

一股幸福感湧上心頭。

雖然在這趟教育旅行中，光是眼前的目標就讓我忙不過來……但我好像意外地交到朋友了。

在決定分組的時候，我還在煩惱不知道該怎麼辦才好……嗯，不過我現在真心覺得這樣的結果也不錯。

「——很好～～既然千景和秋玻解開誤會了～～」

就在這時，Omochi老師嘩啦一聲從浴池裡站了起來。

「我有件事情想跟大家商量一下～～」

「商量……？」

「什麼什麼，商量什麼～～？」

聽到時子和伊津佳這麼問，Omochi老師露出得意的笑容。

「等洗完澡之後，我就會向大家說明～～我想把男生們也拉進來，我們就在LINE上面聊吧～～！」

＊

通知：【Omochi】邀請【伊津佳】、【修司】、【水瀨】、【千景】、【柊時子】、【細野】加入群組。

Omochi：『很好～～群組建好了～～』

千景：『大家都有看到嗎～～？』

伊津佳：『（用手比圓圈表示「OK」的小狗貼圖）』

修司：『（歪著頭表示「怎麼了？」的美漫英雄貼圖）』

柊時子：『我……』

柊時子：『我看到了。』

水瀨：『我有在看……順帶一提，我是春珂……』

細野：『呃，我也有份嗎？』

Omochi：『感謝大家在百忙之中撥冗參加這場會議～～』

Omochi：『男生房間跟女生房間的所有人幾乎都到齊了呢～～』

伊津佳：『（詢問「怎麼回事？」的小狗貼圖）』

Omochi：『那我們馬上進入正題吧～～』

Omochi：『矢野最近不是一直魂不守舍的樣子嗎～～？』

Omochi：『自從文化祭以後，他好像就變得有點奇怪～～』

細野：『那傢伙……』

細野：『已經維持那種狀態好一段時間了。』

千景：『他總是在發呆，一副心不在焉的樣子。』

Omochi：『就是說啊～～而且他那種狀態已經持續將近兩個月了～～』

Omochi：『然後～～秋玻與春珂打算趁著這次教育旅行的機會，設法解決這個問題～～她們想讓矢野同學恢復原狀～～』

伊津佳：『原來是這樣嗎！』

修司：『怪不得妳們看起來不太對勁……』

水瀨：『嗯……對不起，我不該隱瞞你們。因為我不想給大家添麻煩……』

柊時子：『妳可以早點告訴我們啊。』

Omochi：『總之，她們倆一直都在孤軍奮戰，但旅行只剩最後一天了～～』

Omochi：『所以我有個提議～～』

Omochi：『我們要不要一起幫秋玻與春珂呢～～？』

*

「……呼……」

跟古暮同學她們的線上會議結束了。

我抬起頭來——再次向眼前的古暮同學、伊津佳、時子和Omochi老師道謝。

「各位，非常感謝……妳們幫了大忙……」

——大家很乾脆就答應要幫助我們。

他們甚至責怪我沒有早點求助，還說當初可以配合我們的計畫決定行程。

……啊啊，我感動得差點哭出來。

沒想到大家都對我這麼好……

而且——

「這不算什麼啦。畢竟當初分組的時候，妳也答應了我們任性的要求。」

「反正矢野那副死樣子，我們也看不下去了！」

「這好像也能變成快樂的回憶呢～」

「平時總是承蒙妳的關照，這種小事根本不算什麼……」

大家一個接一個對我說出這種話。

眼淚差點就要流下，我趕緊擦擦眼角。

……只不過，沒時間讓我慢慢來了。

因為我現在有件「非做不可的事情」——

我再次緊握手中的手機，從床上站了起來。

然後——

「那——我要去打電話給『另一個人』了……！」

丟下這句話後，我對目送我的大家揮揮手——偷偷溜出房間。

我走過昏暗的走廊，找尋看似不太會有人出現的地方。

走了一小段路後，我來到空無一人的自助洗衣區前面。

如果是這裡……就算要講電話也沒問題吧。

——古暮同學他們願意出手幫忙，讓我充滿了信心。

不過……如果想做好萬全的準備，確實讓矢野同學清醒過來——我還得做一件事。

做好深呼吸後，我從ＬＩＮＥ的「聊天」列表中找出「某人」的名字。

然後，我下定決心按下通話鈕——把手機放到耳邊。

嘟聲響了有點久，正當我打算先掛斷的時候——

『……喂～～？』

電話打通了。

惹人憐愛的聲音——從電話另一頭傳來。

那聲音充滿稚氣，非常活潑，卻又給人從容不迫的感覺。

「……好、好久不見……那、那個，我是水瀨春珂……」

『哇～～是春珂學姊～～！好久不見～～！文化祭以後就沒聯絡了呢～～！』

電話另一端的聲音開心地上揚。

然後，她就這樣興奮地報上名字。

『——我是霧香～～！這麼晚打電話過來，有什麼事嗎～～？』

【夏季追憶】

Bizarre Love Triangle

第二十三章

Chapter.23

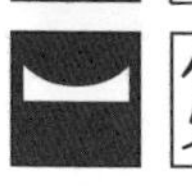

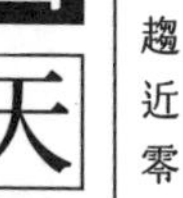

第三天（白天）

三角的距離無限趨近零

那是大約十年前的八月發生的事。

當時的「我」就只有「我」一個人而已。

當時春珂還沒誕生，家裡和樂融融，我在北海道的港口小鎮過著極為平凡的生活。

就在暑假過了一半的時候，我跟父親兩個人一起搭飛機到奈良旅行。

那是只有兩天一夜，不算太長的旅行。

雖然我當時因為頭一次到本島旅行而雀躍不已，但旅行的目的其實應該是為了去掃墓。因為工作忙碌，媽媽沒有參加，只有我跟父親兩個人一起去旅行，這讓當時的我有種特別的感覺。

感覺像是終於成為大人的一分子了。

因為整個家族齊聚一堂的掃墓活動是在第二天，我第一天都跟父親在奈良觀光。

奈良公園、東大寺、正倉院與春日大社。

即使以現在的觀點來看，這行程也十分吸引人，連我這個孩子都能清楚看出來父親也玩得很開心。

「今天真開心。」

「××，其實我一直想跟妳一起來這座城市走走。」

父親用當時的名字叫我，還對我微微一笑。

眼鏡底下那雙充滿知性的眼睛溫柔地瞇了起來。

現在的我可以體會父親的心情，他想讓重要的人看看自己出生的故鄉。舉例來說，就跟大家都會想跟別人分享自己喜歡的書和音樂一樣。

只不過，對年幼的我來說，奈良太過嚴肅了。

剛開始，那些理所當然在路上到處亂跑，貪心地討鹿仙貝吃的鹿群，確實讓我興奮地大叫。

「爸爸～～我看膩了～～」

「寺廟一點都不好玩～～」

參觀過三間左右的寺廟後，我就受不了了。

「我們去更好玩的地方吧～～」

「啊，嗯，這樣啊，也是……」

父親牽著我的手，一臉困惑地看了過來。

「寺廟對妳來說還太早了呢。這樣啊，爸爸想想該去哪裡……」

顯然不知所措卻依然溫柔的那張臉上露出了困惑的笑容。

我很喜歡父親的那種表情。

深鎖的眉頭、劃出平緩弧線的嘴巴、溫柔地看著我的眼睛，以及纖細的脖子——

每當見到那種表情的時候，我心中的不滿就會輕易平息下來，有時候甚至會為了想多看看他困擾的表情，故意說些任性的話。

所以，有時候當別人說出「××跟爸爸很像」這種話，我就會高興得心跳加速。

我有一天是不是也能露出那種表情，讓某人的心情平靜下來呢——

「……對了！」

陷入沉思的父親突然叫了出來。

然後，他收起困惑的表情，露出開心的笑容，探頭看向我的臉。

「××，我想到一個想帶妳去看看的地方了！」

「是什麼地方呢？」

「是一個很特別的地方。爸爸小時候也曾經被帶去那裡——」

＊

——所以，我這次是時隔十多年後再次造訪這座城市。

時間是中午過後。在ＪＲ奈良站前面下車後，我環視周圍，鬆了口氣。

「原來這裡是這種地方啊……」

腦海中還殘留著以前來到這裡時的記憶碎片。

站前迴車道上方的天空、陌生的餐廳、名產店的看板——

現在在我眼前的景色中，到處都能找到往日回憶的影子。

這裡有種不同於京都與大阪的含蓄氛圍，卻又確實散發出一股高雅沉靜的氣息——

然後——我切實感受到了。

父親和我當時曾經融入這個景色。

我再次來到那一天來過的地方了——

「——事情就是這樣，我們今天就在這裡自由行動。」

當大家都下車，在站前廣場上集合時，各個班級便各自開始說明今天的行程。

「大家都知道今天的自由活動時間只有三小時，因為之後我們就得回東京了……」

今天是旅行的第三天。

雖然正在說話的千代田老師今天也笑容滿面，但我總覺得她的表情有些疲倦。

畢竟她要一直監督這麼多學生，會變成這樣也很正常……真是辛苦她了……

「新幹線的搭車時間已經決定好了，請大家千萬不要遲到。那我們就三小時後回到這裡集合吧！」

「……好了，秋玻，接下來就是決勝時刻了。」

坐在我旁邊的伊津佳站了起來，小聲地這麼說。

「我們也會拚盡全力……所以妳也要加油喔！去把矢野那傢伙敲醒吧……！」

「嗯、嗯，我會加油……」

我點了點頭後，轉頭看向伊津佳小組和Ｏｍｏｃｈｉ小組的大家。

大家一邊開始準備出發，一邊用意味深長的笑容與眼神看了過來……

他們真是一群可靠的同伴。

一個人能做到的事情有限，剩下的時間也不多了。不過，我還是得到了這麼多人的幫助，總覺得自己應該能找到某種突破口。

……不過，其實我心中也有不安。

正確來說，我接下來要做的事情其實讓我感到相當不安……

只不過，現在說這個也沒用了！

我只能盡力而為了……！

「好，我們出發吧……！」

「……嗯、嗯！」

伊津佳一聲號令，我大大地點了點頭後，我們便一起邁出腳步。

目標是Ｏｍｏｃｈｉ小組的所在位置——

然後——

「……嗨，Ｏｍｏｃｈｉ老師！」

「啊～須藤～妳好啊～」

——她們兩人開始寒暄，只是感覺有點假。

「Ｏｍｏｃｈｉ老師，你們小組今天要去哪裡啊？」

「我們啊～今天打算在奈良公園附近慢慢參觀～畢竟時間不是很多～」

「哦，好巧喔！我們也是這麼想的！如果你們不介意，要不要一起到處逛逛？」

「這真是個好主意呢～」

……這、這演技是不是有點爛？難道就不能演得更自然一點嗎？

呃，雖然一切都照計畫進行……

幸好矢野同學好像不太在意的樣子……

「大家都贊成吧？我們兩組就一起行動吧。」

伊津佳看了過來，而且音量莫名地大。

「……嗯，我無所謂。」

「嗯，我也是。」

「……人多好像更好玩呢……」

大家不是面露苦笑，就是一臉害羞地如此回答，達成了決議。

「好，那就這麼決定了！大家一起去奈良公園吧！」

「是啊～～就這麼辦～～！」

在還是一樣演得很假的伊津佳和Ｏｍｏｃｈｉ老師的帶領下，我們也朝奈良公園邁出腳步。

＊

「──哇，是鹿……這裡真的有鹿耶……！」

人格從秋玻換成我後過了不久。

當我們抵達奈良公園時──眼前的光景讓我叫了出來。

這是個地上長滿草皮，感覺很寬敞的公園。

在充滿觀光客的公園裡——到處都是一臉理所當然地待在這裡的鹿。

牠們的數量根本就跟人類差不多吧……？有些鹿走來走去，有些鹿躺在地上睡覺，也有些鹿在吃東西……

雖然在旅遊書上已經看過這樣的光景，但親眼目睹後還是會嚇一跳。

「這裡很厲害吧～～！」

彷彿在說這是自己的功勞，伊津佳得意地挺起胸膛。

「等一下再去跟牠們玩吧。在此之前——」

說完，伊津佳看向一旁的建築物。那是一間歷史悠久的日式點心店。

「我們就輕鬆一點——先從這裡開始吧。」

「——矢野，你要餵人家吃啊！」

「就是說啊～～春珂看起來好像很想吃吃看耶～～」

過了幾分鐘。

在那間日式點心店的內用區——我和矢野同學隔著桌子面對面坐著。

「咦？要我餵她？……可以是可以啦。」

一臉困惑的矢野同學手裡拿著筷子，夾著沾了黃豆粉與黑糖蜜的葛切涼粉。

透明有彈性的葛切涼粉看起來就很好吃……

我確實很想知道葛切涼粉的滋味，想吃一口看看。

可是……

「……」

我真的……非得讓矢野同學餵我不可嗎……？

——我們就把矢野迷得暈頭轉向吧！

經過昨天的討論，我們替今天訂下了這樣的方針。

根據Omochi老師的說法，昨天最能讓矢野同學有所反應的事情，既不是辛辣的食物，也不是刺激的話題，更不是莊嚴的景色，而是能讓他想起我們的風景。

「——既然這樣，我們只要讓秋玻與春珂不斷接觸矢野，把他迷得暈頭轉向就行了！只要利用美色刺激矢野，他應該就會清醒過來！」

……不斷接觸？給他刺激？

這樣……真的可行嗎？

用這麼簡單的手段就能讓他清醒過來嗎……？

我總覺得行不通……

而且……她們還說要用美色。

她們到底想讓我做些什麼……

不過，對象是矢野同學的話，我無所謂。我還會稍微努力一下……

可是如果要我做太大膽的行為，我可能會害羞膽怯，沒自信能把他迷得暈頭轉向。

……話雖如此——

既然上了這艘賊船，我也不能就此退縮。

「——那我要開動了……」

我點點頭，吞了口水——張嘴吃掉矢野同學遞過來的葛切涼粉。

高雅的甜味與黃豆粉的香氣瞬間在嘴裡散開——

嗯，好吃。雖然很好吃……總覺得莫名難為情……

我讓矢野同學餵我吃東西了……還是在眾目睽睽之下……

仔細想想，這樣算間接接吻吧？我們用同一雙筷子間接接吻了……

沒人在乎我有多麼羞恥。

「喂喂喂，矢野，感覺如何～～？」

「這可是美少女餵食秀喔～～她很可愛對吧～～？」

伊津佳和Ｏｍｏｃｈｉ老師忙著起鬨，輪流逼問矢野同學。

「心動了嗎？」

「你應該多少有些心動吧～～？」

然而，矢野同學一臉不可思議的樣子。

「……不，完全沒有。」

……看吧！我就知道會這樣！

他這樣根本不可能心動吧！

就只有我心動了，根本就是白忙一場！

可是，伊津佳她們看起來一點都不灰心。

「咦～～失敗了嗎～～」

「算了，反正行動才剛開始。」

「妳說得對～～那就換下一招吧～～」

還開始討論起來。

拜託兩位高抬貴手……

＊

「——那我們接下來就去跟鹿玩吧～」

「就這麼辦～」

離開那間店後，我們走了一段路。

當我們來到有一大堆鹿的地方時，伊津佳她們如此提議。

寬廣的草皮上到處都是鹿……雖然我的故鄉北海道也有鹿，但我可能還是頭一次見到這麼多鹿……

總覺得有點恐怖……

我跟牠們保持適當的距離，一邊提心吊膽地防備兩位朋友的下一步。

「——我們買鹿仙貝回來了。」

「這樣就行了吧……？」

在旁邊的攤位買完東西後，細野同學與時子拿出用紙包著的整疊仙貝，偷偷交給伊津佳。

原來那就是有名的鹿仙貝，看起來跟人類吃的仙貝一模一樣。

可是，他們為什麼要搞得像是在祕密交易……

「ＯＫ！謝謝兩位！」

「你們幫了大忙呢～～」

接過仙貝後，伊津佳和Ｏｍｏｃｈｉ老師相視一笑。

……我有種非常不好的預感。

正當我感到不安時，伊津佳拿著仙貝走了過來。

「哈囉！各位鹿兄鹿弟，大家看過來～～！」

說完——她把仙貝高高舉起。

——瞬間……

發現仙貝的鹿群——立刻湧向我們。

「——哇、哇哇哇哇哇！」

好幾隻……不，一共有十幾隻鹿圍住我們。

然後，伊津佳對膽怯的我和她旁邊的矢野同學這麼說：

「那就由矢野和春珂負責把仙貝分給鹿吧！麻煩你們了～～！」

她把仙貝分成兩半交給我們後，就趕緊退場了。

「咦？等……等一下！伊津佳！」

鹿群——一起湧向我和矢野同學。

盯著仙貝的眼睛閃閃發亮。

為了尋求我們手中的仙貝，牠們把鼻子湊了過來。

「好、好可怕……！」

鹿群散發出的迫力讓我忍不住退了幾步。

雖然遠看很可愛，但在這種超近距離看就會發現牠們果然還是「野生動物」。

總覺得不光是仙貝，牠們好像連我都會一起咬……！

我、我得趕快逃跑……！

可是……當我發現時，已經被幾隻鹿繞到身後了。

「喂，大家快救救我……！」

我眼角含著淚，看向其他組員。

看著我焦急的模樣，伊津佳跟魔鬼教官一樣交抱雙臂。

「春珂，快點餵牠們！」

「就、就算妳這麼說……！」

「要是讓牠們太心急，鹿好像會抓狂喔！」

「咦，不會吧……！」

在我們交談的期間，鹿群不斷搶走我手中的仙貝。

當我發現時，已經被鹿完全包圍──無處可逃了。

然後，我發現了。

「……！」

我跟矢野同學緊緊貼在一起。

無路可逃的我們……像互相擁抱一樣緊貼著彼此！

「哇哇哇……」

這個突如其來的意外讓我的心臟一陣狂跳。

我、我我我、我該怎麼辦！

矢野同學的味道和體溫離我好近，啊啊……

而且──他完全碰到了。

我的胸部非常用力地壓在矢野同學身上……！

不是只有輕輕碰到，而是整個都擠上去了。

這樣一來……矢野同學也絕對注意到了！

我原本是這麼想的──

「……」

偷偷窺探矢野同學的反應後，我發現他絲毫不為所動。

只是一臉「真傷腦筋」的表情……低頭俯視著鹿群。

——這算什麼！

我明明害羞得要死，他這種反應到底算什麼！

我的胸部已經完全貼上去了，難道他就不能稍微表現出心頭小鹿亂撞的樣子嗎！

而且就在我憤慨不已的同時，那些可惡的鹿居然開始咬我的制服下襬！

不行！別這樣！外套都被口水弄得黏黏的……！

「——春珂！要是不給牠們仙貝，牠們就不會放過妳喔！」

「別發呆了，請努力餵仙貝吧～～！」

面對這樣的我，伊津佳等人無情地這麼喊著。

想逃離這種狀況，好像真的只有這個辦法了。

「……嗚、嗚嗚嗚嗚嗚嗚嗚！」

於是，我忍著湧上心頭的羞恥感與緊張感。

拚命地不斷餵鹿吃仙貝。

＊

——即使鹿作戰宣告結束，矢野同學還是沒有清醒過來（廢話……）。

在那之後，直到跟秋玻對調為止，我一直被逼著跟矢野同學緊密接觸。

不是被逼著在名產店共撐一把番傘，就是被逼著在鑽柱洞的時候讓矢野同學幫忙推，或是被逼著一起自拍合照……

那些行為真的讓我很難為情，而且在鑽柱洞的時候，八成……被他看到內褲了。

雖然以前也被他看過內褲，但這還是頭一次離得那麼近……因為太過羞恥，我差點哭了出來……

然後，正當我已經完全失去鬥志，身體也疲累不堪時——秋玻就出來接棒了。

……對不起，秋玻，再來就交給妳了……

＊

「——啊，妳們又對調了嗎？」

「——秋玻～～早安～～」

我才剛清醒——伊津佳和Ｏｍｏｃｈｉ老師就探頭看了過來。

我坐在長椅上……看來這裡似乎是奈良公園。周圍有許多觀光客，還有一群鹿極其自然地混在裡面。

「嗯，早安……那個作戰怎麼樣啊？」

「怎麼樣啊……」

伊津佳露出苦笑後，轉頭看向站在一旁的矢野同學。

「……矢野，你現在心情如何？」

「嗯……很開心。」

矢野同學露出溫柔的微笑。

「這麼多人一起玩，感覺意外地還不錯……」

「……就是那種感覺。」

「原來如此……」

面對一臉困惑的伊津佳，我點頭如搗蒜。

就是毫無收穫的意思吧。

「不過，反正我們只是觀眾，在旁邊看得也很開心。」

「就是說啊～～感覺像是在看一場純純的愛情喜劇～～大飽眼福呢～～」

「什麼……」

她們兩個到底讓春珂做了什麼？

希望她們沒有太亂來……

在感到不安的同時——我偷偷看向時鐘。

自從自由活動開始後，已經快過一個小時了。

剩下的時間——只有兩小時多一點。

「好～～大家不要灰心，讓我們進行下一個作戰吧～～！」

「嗯，妳說得對，反正我們還有時間。」

說完，伊津佳便邁出腳步，而我也跟著站起來，同時打開手機。

——我想確認一件事。

這件事跟矢野同學無關，但我無法不去在意——

迅速啟動路線查詢軟體之後，我試著調查從這裡到「我跟父親的祕密場所」的移動時間。

——在這趟旅行中，我無論如何都想去那裡走走。

那裡是我曾經跟父親度過短暫時光的「父女兩人的回憶之地」。

只不過，因為我還得讓矢野同學清醒過來，我知道在奈良度過的短暫行程中很難同時兼顧這兩件事。最糟糕的情況下，我這次可能必須放棄去那裡了……

不過，我至少想弄明白這件事。

先不管能不能實際去到那裡，我想知道現在還剩下多少時間，以及我還來不來得及前往「那個地方」……

——然後……

我看到螢幕上顯示的結果——

所需時間：56分鐘（搭車26分鐘）。

「——啊……」

我自然地叫了出來。

「已經來不及了……」

如果要去那個地方，單程就要一個小時。

因為我們必須在兩小時後回到這裡，就算馬上趕過去，也幾乎沒有能在當地停留的時間。

事實上，就算我要趕過去，也得先向其他組員說明原因，絕對沒辦法馬上出發……

所以——答案已經很清楚了。

我沒辦法去「那個地方」——

「接下來要出什麼招？」

「要來點激烈的嗎？就是那種最直接的手段。」

「不，考慮到矢野的個性，我覺得用更自然的手段比較好……」

「試著營造浪漫的氛圍也是一種選擇吧～～？」

組員們在我眼前討論接下來的計畫。

……我不禁這麼想。

說不定只要把我現在的想法告訴大家，他們會願意接受。他們或許會說要跟我一起去，也或許會讓我跟矢野同學兩個人去。

可是——我說不出口。

他們可能覺得現在這樣很有趣，也可能樂在其中。

即使如此——他們依然是為了我在努力做這些事。對於這些溫柔的朋友，我絕對無法說出更多任性的要求。

「——要不要去若草山看看？那裡似乎是很受歡迎的約會勝地。」

「——啊～～妳是要在那邊來場模擬約會嗎？」

組員們邊走邊聊。

我安分地跟著他們前進……卻無法採取任何行動——

＊＊＊

——我沒想到會玩得這麼開心。

兩個小組合在一起，八個人一起閒逛的同時，我緩緩環視周圍，這種感覺也慢慢湧上心頭。

起初，我只希望能一帆風順地度過這三天。

我沒有特別想去的地方，也沒有特別想做的事。既然如此，那只要能平安順利地結束旅程就夠了，我並不打算要求更多。

然而，到了旅行的第三天，我開始隱約注意到了。

……大家是不是都在試著讓我玩得開心？

第一天，跟秋玻與春珂在梅田迷路也是一次刺激的體驗。昨天在京都的時候，Ｏｍｏｃｈｉ老師和古暮同學也對我費了不少心思。

然後——到了今天。

他們甚至特地找來這麼多人，想讓我見識一些有趣的事物。

我看到嘴巴沾滿黃豆粉還一臉得意地叫我餵春珂的Ｏｍｏｃｈｉ老師，以及被鹿甩得團團轉的春珂。我甚至看到了細野在挑戰鑽柱洞時，整個人卡住出不來的罕見光景。

我眺望著在路邊悠閒睡覺的鹿……暗自希望這樣的時光能永遠持續下去。

希望當我結束這趟旅行，回到東京以後，也能像這樣快樂過活。

如果可以跟意氣相投的朋友一起度過沒有煩惱和痛苦的日子，我就心滿意足了——

「——往這邊走就是若草山了！」

「——風好像有點大，還挺冷的……」

眾人議論紛紛，往眼前的山走去。

在那裡好像可以看到很棒的景色，就這樣悠閒散步的感覺也很不錯……

我沒有表示意見，一直跟著他們前進。

——然而……

「……」

……我不經意看向走在旁邊的秋玻，注意到一件事。

她目光低垂。

秀髮隨風搖曳。

步伐沉重緩慢。

而且——嘴邊還掛著微笑。

——我突然有種額頭逐漸變冷的感覺。

那種朦朧的幸福感迅速消散，只感到冰冷且迫切的「擔憂」——

「……秋玻。」

當我回過神時，已經喊出她的名字。

「妳是不是……在忍耐著什麼？」

——那是一種近乎確信的預感。

秋玻正在勉強自己。

她隱瞞自己的心情，故意強顏歡笑。

她的表情——讓我清楚明白到這點。

「咦……？」

秋玻嚇了一跳，轉頭看過來。

「矢野同學……？」

她驚訝地睜大眼睛，茫然仰望著我。

「……妳是不是有話想說？」

聽到我再次這麼問，她咬著脣——

——果然如此。

秋玻——有話想說，卻又不敢說出口。

她以前每次有話憋著不說，都會露出這種表情——

——我突然感到有一股「衝動」湧上心頭。

我想幫助秋玻。

不想讓她勉強自己。

為此——我得做些什麼才行。

——剛才那種朦朧的幸福感就像騙人的一樣消失了。

內心湧出一股不知來源的使命感。

「那個……如果被我猜中了……」

我停下腳步，對秋玻這麼說。

「我覺得妳應該把那些話告訴大家……如果妳覺得難以啟齒，就由我來開口吧。」

「……為、為什麼？」

秋玻依然一頭霧水地看著我。

「為什麼你會知道……？為什麼你能說出那種話……？」

「……為什麼……」

這個問題反倒令我感到困惑。

「因為我一直注視著妳……當然看得出妳有心事。」

——秋玻不知所措地眨了眨眼。

「而且……我總覺得那是很重要的事，不能就這樣放著不管……才會這麼說。」

「……你、你說得對。」

秋玻點頭後，咬著下唇。

也許是發現我們沒有跟上，走在前面的組員們回過頭來，Omochi老師還問了一句：「……怎麼了～～？」

「……那、那個！」

秋玻下定決心般——抬起頭來。

「對不起，有件事一直沒有告訴大家……其實我有個無論如何都想去的地方！——我想跟矢野同學兩個人一起去那裡看看！」

……兩個人一起？

這個意想不到的要求讓我忍不住凝視秋玻的臉。

然而，她依然注視著其他組員。

「各位……真的很感謝你們願意幫我這麼多。你們真的幫了大忙，也讓我非常開心……可是，抱歉，如果你們願意容許我的任性——」

——秋玻緊緊握住我的手。

那種冰涼的感觸——讓籠罩在我意識上的迷霧又散去了一些。

「我希望——立刻過去那個地方。希望你們讓我和矢野同學兩個人單獨行動！……矢野同學！」

說到這裡，秋玻突然轉過頭來。

「突然提出這種要求，我很抱歉！你願意幫忙嗎？」

「啊，嗯……沒問題……」

「謝謝你。那……大家呢？」

秋玻再次看向前方。

「你們願意答應我……任性的要求嗎？」

聽到這個問題——大家陷入短暫的沉默。

「……想也知道沒問題吧～～！」

須藤不知為何垂著肩膀如此回答。

「咦，秋玻……妳該不會一直不敢把這件事說出來吧？」

「對不起～～……都是因為我們營造出讓妳不好開口的氛圍～～……」

須藤說完，Omochi老師也露出「搞砸了～～」的表情，皺起眉頭。

「……我們好像真的有點太強硬了……」

「是啊，我們應該多聽聽本人的意見……」

「不好意思，一直拉著妳到處亂跑……」

「等……等一下，你們不要道歉啦！」

眼見組員們開始異口同聲地道歉反省，這次換秋玻慌了起來。

「畢竟是我們拜託大家幫忙的。是我白費了你們的好意……可是，你們真的幫了我很大的忙……」

秋玻——重新揹好背包。

然後清了清喉嚨，對大家露出微笑。

「……謝謝你們，我很開心。那……我們要出發了。」

「嗯，路上小心！」

「千萬別遲到了喔！」

「嗯……待會見！」

丟下這句話後——她就拉著我的手，走向奈良公園的出口。

＊＊＊

「——那個地方叫作『生駒山上遊樂園』。」

我們搭乘從近鐵奈良站開往大阪難波的急行列車。

當列車穿過短短的地下區域，來到地面上後，我向矢野同學說明情況。

「從這裡出發應該不用一個小時就會到……那是我以前跟父親一起去過的遊樂園。我一直想著總有一天要再去一次看看……」

在一邊搖晃一邊發出舒服聲響的列車上恰到好處地擠滿了看似觀光客的乘客。我跟矢野同學並肩而坐。在座椅對面的窗外，初冬的蕭索街景綿延不絕。

那副景象跟東京西武線沿線的景色有幾分類似，明明是時隔十多年見到的景色，卻給我一種彷彿回到故鄉的安心感，再加上玩了三天累積的疲勞，讓我有點想睡。

「既然要一個小時……看來時間很緊湊呢。」

「是啊……」

考慮到回程的時間，能待在遊樂園的時間幾乎等於沒有。

應該只能在裡面逛一圈就結束了吧……

而且……我偷偷看向坐在旁邊的矢野同學的臉。

他一臉平靜地看著窗外。雖然我剛才嚇了一跳……還以為他可能已經清醒過來，但他還是一副魂不守舍的樣子。

教育旅行的自由時間也只剩下兩小時。

我真的有辦法在這段時間讓他清醒過來嗎……

『——下一站，生駒，生駒。』

「啊，矢野同學，我們下一站下車。」

聽到車內的廣播後，我連忙站了起來。

因為我是頭一次搭這條路線的列車，要是轉乘失敗，就等於去不了遊樂園了。

我想提前行動，事先迴避可能發生的意外。

「接下來是……從鳥居前站換搭纜車。矢野同學，我們走吧。」

說完，我握住搖搖晃晃起身的矢野同學的手。

*

——人格再次從春珂換成我的時候，我們已經來到離目的地最近的車站了。

那是前往生駒山上站途中發生的事情。

「……沒錯沒錯，就是這輛纜車。」

我從坐著的座位上環視周圍後，懷念地瞇細眼睛。

「這是那輛小狗警察纜車。我小時候來這裡，因為想搭另一輛貓咪纜車，還特地請父親調整上車的時間……」

……當時的感覺逐漸回來了。

那一天熱得要死，我跟父親一邊頻繁地補充水分，一邊來到這個地方。

因為怕我太熱，父親拿著在車站拿到的團扇拚命幫我搧風，讓我開心地哈哈大笑。

季節與當時正好相反，變成了冬天，父親也不在身邊。

即使如此，跟重要的人一起前往重要的地方這個事實讓我有種緩緩湧出的幸福感，以及一種迎接人生大事的興奮心情。

纜車抵達生駒山上站了。

走到月台看向時鐘——我發現能待在這裡的時間只有十五分鐘左右。

果然頂多只能在遊樂園裡逛一圈吧。

抬頭一看，太陽已經大幅傾向西邊，天空染上了藍色與桃紅色的漸層——

「——哇～～……！我想起來了，就是這種感覺！」

走出車站後——眼前的景色讓我忍不住加大音量。

朝寬廣天空聳立的飛行塔，以及在頭頂上蜿蜒扭曲的雲霄飛車軌道。

雖然建築物與道路都變得老舊……周圍還能看到不少遊客的身影，以地方上的小型遊樂園來說，這裡算是相當熱鬧。

而這副景色中的一切——都跟那天一模一樣。

記憶中的「特別場所」沒有改變——讓一股熱流湧上我的心頭。

「……矢野同學，我們走吧！」

我拉起他的手，走向這裡的遊樂設施。

「你看，那隻熊貓……！」

我說著指向從頭上通過的雲霄飛車軌道。

「雖然看起來很可愛，卻會經過有點高的地方，所以有點可怕……可是，在上面看到的風景非常漂亮，可以把大阪的街景盡收眼底喔……」

我想起害怕掉下去的自己，以及讓父親握住我的手的事情。我現在握著的矢野同學的手，也跟當時那隻手一樣纖細滑嫩，讓我反射性地加重指尖的力道。

「對了，我們剛才看到的飛行塔也很厲害喔！那是在九十年前左右建造的東西，從夢野久作跟其他我們喜歡的作家還大為活躍的時代就有了！」

「哦，原來那座塔這麼舊了啊……」

矢野同學露出平靜的微笑，一邊聽著我說話。

這讓我十分開心，變得跟那天一樣興奮，話匣子停不下來。

接著我們看到的是位在戶外的舞台。

「我還在那邊的野外劇場看了光美秀……當時的我被選為觀眾代表，被光之美少女叫上舞台。因為演壞蛋的人太可怕，我差點哭了出來……結果是父親跑來救我……」

——眼裡看到的一切全都藏有我跟父親的回憶。

路邊的販賣機。

有些煞風景的遊戲機台區。

還有生活雜貨店、休息區與餐廳……

那是——「我」還是唯一的「我」時的回憶。

也是家裡還風平浪靜時的幸福的一天。

可是……我會清楚記得那一天發生的事，不光是因為玩得很開心。

而是因為父親在那一天對我說過的「話語」，至今依然留在我心裡——

「……啊，這裡好像就是盡頭了。」

當我們來到遊樂園的盡頭時，矢野同學小聲地這麼說。

「畢竟是山頂上的遊樂園，園區難免有點小……」

然後——他從那個名為「星星廣場」的地方俯瞰大阪平原，稍微瞇細了眼睛。

「……真漂亮。」

——太陽已經西下。在我們的視線前方，可以看到有如灑出來的砂糖般的東大阪夜景。

不同於東京的夜景，那些光芒細微又溫和。

看著眼前的夜景——我知道這是最後的機會。

如果要在這趟旅行中讓矢野同學清醒過來，現在就是最後的機會了——

——其實我有一個想法。

就只有一個辦法，可以讓矢野同學清醒過來——

我想起昨天春珂有跟霧香通過電話。

——霧香似乎是對矢野同學這麼說的……

對於扮演角色這件事，你應該是樂在其中才對……

跟我在一起的時候應該也很快樂，靠著扮演角色讓舞台活動成功，你應該也覺得很高興……

看過儲存在手機裡的這些訊息後，我好像能理解矢野同學為何會變成這樣了。

然後——我想到了，想到讓他恢復原狀的方法了。

可是——

「……」

面對矢野同學，我一句話都說不出來。

——我不知道自己該不該做出「那種事」。

這次的問題大大地關係到矢野同學的想法，以及他的生存之道。

這是一件敏感的事情，要是我不小心搞砸，讓他受到傷害，可不是一句抱歉就能解決的。

我有透過記事本找春珂商量，她也是同樣的想法。即使嘴上說：「那個辦法確實可能有效……」卻又說出：「可是……我有點害怕。」表現出畏首畏尾的樣子。

考慮到時間的問題，再來只能回到車站跟大家會合了。

可是……我無法往前踏出一步。

不知道該不該——繼續走進身旁的他的心。

「……秋玻？」

矢野同學突然——叫了我的名字。

然後探頭看過來——

「……怎麼了啊？」

他一臉不可思議地歪著頭。

「妳好像還是一樣……一副在壓抑自己的表情……」

那種表情和溫柔的聲音——讓我腦海中的記憶突然甦醒了。

我想起以前來到這裡的時候，曾經跟父親說過的某一段對話——

＊

「……××……妳怎麼了？」

父親探頭看向從「星星廣場」俯瞰黃昏時分的東大阪的我。

「妳是不是在壓抑自己？是想去廁所嗎？」

「才不是呢！」

儘管無故受人懷疑讓我有些不高興，我還是將視線移回夜景。

我確實是在壓抑自己。

我明明有無論如何都想告訴父親的話，卻一直逼自己不說出來。在我壓抑自己的同時，剛才那些快樂玩耍的時光就變得像是一場謊言，令我悲從中來。

也許是剛才盡情玩鬧的反作用力，我總覺得現在的自己非常悽慘，而且還是個壞孩子……想著想著眼淚就突然掉了下來。

「……嗚、嗚嗚嗚～～……」

「妳到底怎麼了……」

父親在我旁邊蹲了下來，溫柔地摸摸我的頭。

「我不會告訴別人，有話就跟爸爸說吧……」

「……嗚、嗚哇啊啊啊……」

那份溫柔令我無比悲傷，讓我又哭了好一陣子。

「……我還想再來這裡玩。」

然後我終於放棄忍耐，說出心中的話。

「我只是想跟爸爸再來這裡一次……」

「……這種事沒必要隱瞞啊。」

父親訝異地睜大眼睛。

「爸爸也還想帶妳來這裡玩。妳為什麼不敢說出這個願望呢……？」

「因為……我今天已經說了任性的話，叫你帶我來這裡玩。我覺得自己不能再說任性的話了……」

「……沒關係，妳想說多少任性的話都行。」

「要是玩得更開心……我會有點害怕。」

——聽到我這麼說，父親倒抽一口氣。

「害怕？為什麼？」

「我今天已經玩得很開心了……總覺得想玩得更開心是不對的事情……要是不適可而止，就有一種……像是做壞事的感覺……」

我總是會這麼想。

要是遇到太多開心的事情，就不知為何會感到罪惡感。覺得自己好像很卑鄙，覺得自己得到了超過自己應得的幸福，心中有種愧疚感。

所以，要是在那種時候遇到一些不好的事情，我反倒會感到安心。

啊啊……覺得這樣比較剛好，覺得這樣的現實比較適合我。

「……是嗎？」

父親抬起頭後，稍微想了一下，然後又露出那種——傷腦筋的表情笑了出來。

「……××，這是爸爸最近才終於想通的道理。」

「嗯。」

「這個世界上好像沒有什麼絕對的『因果』。」

「……因果？」

「噢，呃……就是只要努力必定會有回報，或是做好事就能得到獎勵；做壞事遲早會遭到報應……之類的事情。」

「……真的沒有因果嗎？」

我一直以為那種事情絕對存在。

因為不管在書本、電視還是電影中都是這麼演的。

做好事的人會得到回報，做壞事的人會受到懲罰。

就算是在現實生活，好孩子也會被誇獎，小偷會被警察逮捕。

「……確實很難說完全沒有。比如說，如果妳做好事，爸爸就會獎勵妳，如果妳做壞事，爸爸就會罵妳。可是……如果我們放寬視野，就會發現非常好的人一輩子受苦受難，或是非常壞的人取得重大成功之類的事情並不少。儘管這種事會讓人大受打擊，也很令人遺憾。」

「……原來是這樣啊。」

「××，妳是個非常認真的好孩子，我明白妳的擔憂。還有，如果妳是在顧慮爸爸，我非常感激，也非常開心。」

父親抓住我的肩膀。

「只是——我希望妳記住這點。痛苦有可能無止盡地累積，反過來說，幸福也能不斷地累積。意思就是——妳不用害怕得到幸福。」

*

——現在回想起來，我發現那是一句很犀利的話。

妳不用害怕得到幸福。

結果我沒能好好實踐這句話。

在那之後，我也一直隱隱害怕得到太多幸福——而我也很清楚那就是「春珂」在我心中誕生的原因。

當時父親就已經看穿我有這種特質了——

然後——到了現在。

在經過十多年後的同一個地方，那句話再次打進我心中。

我害怕踏出那一步，不知道自己該不該做出那種事。

可是——我想試著尋求幸福。

因為父親正在推我一把——

「……矢野同學。」

我呼喊他的名字。

下定決心後，我整個人轉過去面對他。

在遊樂園路燈照耀下，他一臉不可思議地看過來。

「那個……我有件事想問你。」

＊＊＊

「——你是不是變得搞不懂自己了？」

秋玻的問題——在我心中空虛地響起。

「矢野同學，在文化祭那天……霧香對你說了『你應該覺得扮演角色很快樂吧？』這種話。不只如此，我還在那個時間點提出分手……要你在我跟春珂之間做選擇……」

像是在自白罪過，秋玻咬著下唇。

「……對不起，我沒注意到你的精神狀態……滿腦子只想著自己的心情。春珂也發現自己有些強硬，有在反省了……真的很對不起。」

——心跳開始慢慢加速。

我無法好好理解秋玻的話語，話語的意義沒能完全浸透到腦海中。

可是——她現在毫無疑問正試著碰觸我的心。我能明確感受到這一點——

「抱歉，話題扯遠了。總之……矢野同學，我猜你可能是在那時候變得搞不懂自己了……你明明那麼討厭扮演角色，卻又靠著扮演角色讓文化祭成功，這件事會不會讓你感到開心？你是不是就跟霧香說的一樣，對這件事感到開心？還有就是……」

秋玻難過地繼續說下去。

「——你是不是想不通自己到底是喜歡我還是春珂？」

聽到這句話——我再也壓抑不住自己，心臟開始亂跳。

呼吸變得急促，停止的思考一口氣動了起來。

然後——我發現了。

感覺自己腳下好像空無一物。

那是一種彷彿獨自站在無底洞上的——絕對的不安。

「所以——你才會想保護自己。」

秋玻斷斷續續地繼續說著。

「像那樣變得搞不懂自己的想法，也變得搞不懂自己……嗯，這很可怕。所以，你才會逼迫自己停止思考……我猜那可能就是你最近一直魂不守舍的原因……」

——秋玻說得沒錯。

我現在完全搞不懂自己。

明明不想偽裝自己，卻覺得偽裝自己很幸福。

明明喜歡秋玻，卻又喜歡上了春珂——

在我心中——存在著無法相容的矛盾。

——那種恐懼讓我在無意識中放棄思考。

把想法和世界分開來，不去正視現實。

可是——那種狀態結束了。既然已經發現這件事，我就不能繼續假裝不知情。

——當我注意到時，呼吸變得非常急促。

思緒開始飛馳，四分五裂到處散落，完全統整不起來。

——我心想，糟了。

要摔下去了。

再這樣下去——我會摔進腳底下的空洞。

要是摔下去，就無法輕易爬上來——

「——矢野同學！」

——一股強大的力量抓住我的雙手。

我抬頭一看——秋玻的眼睛近在咫尺。

就跟我們初次相遇的那天一樣，在好幾億光年的深邃黑暗中寄宿著銀河的眼睛——

然後——

「我有個提議！」

「提……議？」

「對！跟春珂商量後，我們做了個決定！請你聽聽看！」

被她的視線盯著不放——我只能不斷點頭。

現在的我只能這麼做了。

我只能抓住秋玻與春珂伸出的援手。

「對現在的你來說，確切的事情確實不多……」

秋玻加重手上的力道後，開始說話。

「你不明白自己的想法，也搞不懂自己是哪種人——這會讓你覺得一切可能全是謊言，進而懷疑一切。可是，只有一件事是確實的，而且我們兩個可以斷言。」

「……確實的事情？」

「嗯。」

秋玻點了點頭，害羞地笑了。

她像是頭一次說出這件事般，說得讓人心癢難耐。

「那就是——我跟春珂都喜歡你這件事。」

——這句話讓不安稍微離我遠去。

腳底下的空洞稍微變小了點。

「其實，我現在依然喜歡你，春珂的心意也沒有改變。我們很喜歡你，所以……」

秋玻探頭看向我的眼睛——

「——你可以依賴我們。」

——然後用澄澈的聲音明白地這麼說。

「相信我們；依靠我們；需要我們。如果你需要，我們便會成為『你』的第一個踏腳處。就算你迷失了一切，我們也會成為你的第一個『不變之物』。」

說到這裡，秋玻終於笑了。

「……你意下如何？我覺得這樣或許就能讓你稍微安心……」

——或許真的是這樣吧。

既然她們兩個都這麼說了，如果就連失去實體，不知道自己身在何處的我，秋玻與春珂都還願意說喜歡——

那我或許可以重頭來過。

或許可以去找出屬於自己的真實——

「……可、可是……」

我總算能從喉嚨擠出聲音了。

「這麼做真的好嗎……？這就像在利用……妳們兩個的心意不是嗎？」

「……不，矢野同學，你錯了。」

秋玻搖了搖頭——露出淺淺的微笑。

「我們也不會只是犧牲奉獻地支持著你。因為——」

秋玻輕輕放開握住我雙手的手。

然後後退兩步，筆直面對我——

「——這麼一來，你就再也離不開我們了。」

——聽到這句話，我額頭上的熱度迅速消退。

激動不已的心跳與掌心滲出的汗水就像騙人一樣逐漸冷卻。

然後——我理解了。

沒錯，這不是犧牲奉獻，也不是慈悲為懷，而是——一場交易。

以成為我的支柱為代價，讓我不能沒有她們。這是我們三人之間的交易。

「……啊啊，好像快要對調了。」

無視於感到困惑的我，秋玻笑了出來。

「我已經把事情告訴春珂了……剩下的，你就問她吧……再見了，矢野同學。」

說完，秋玻低下頭，用瀏海蓋住表情。

過了幾次呼吸的時間後——

「……嗯？……啊，看來我們又對調了。」

春珂抬起頭環視周圍。

她伸了個懶腰，轉頭看向我。

「……秋玻已經告訴你了嗎？」

「嗯，我聽過她的提議了。」

「這樣啊～～」

她看向大阪的夜景，輕輕笑了起來。

「哎呀～～敢說那種話，她還真是大膽呢。不過，既然同意她的計畫，那我可能也是同罪吧……事實上，我覺得這樣好像有些卑鄙。該怎麼說呢，這種關係有點像是互相依存，我覺得其實……不是很好。」

我對此也有同感。

我明白秋玻那些話的意思。如果沒有她的提議，我反倒不曉得自己會變得如何。

即使如此——心裡還是一直有個小小的疙瘩。

這種關係真的健全嗎——

「可是……反正世上本來就沒有什麼正確答案。」

春珂這句話說得很輕鬆。

「別人可能會說些什麼，也可能會搬出大道理否定我們。不過……如果你能依賴我們，我們就會單純地感到開心。相對地，如果你能好好珍惜我們，就會讓我們覺得一切暫時都無所謂了。」

——暫時……

就跟她說的一樣，這個提議並不是一切的解答。

這只不過是個過程，屬於我們的真正課題肯定還在後面。

「所以——你意下如何？」

說完，春珂微微歪著頭。

「矢野同學，你願意看著我們嗎……？」

——聽到這個問題，我總算發現了。

自從文化祭以後就一直模糊不清的視野明顯變得鮮明。

吹拂而過的寒風、耀眼的夜景、平靜下來的心跳——我至今一直沒有正視的一切，

如今都像是拿掉濾鏡一樣明晰。

——我已經別無選擇了。

我不知道接受這個提議會有什麼後果。

可是，我想賭賭看。我想接受她們兩人的好意——

「……嗯。」

春珂背對著夜景，像電影中的一幕般對我微笑。

我下定決心後，對她輕輕點頭——

「——我希望妳們可以讓我依靠——」

尾聲

Epilogue

【童稚的想法】

「──怎、怎麼辦……真的沒時間了！」

談話告一段落，我們確認時間，準備踏上歸途。

春珂看向手機螢幕──突然叫了出來。

「就算搭下一班電車，恐怕也只能勉強趕上……！我、我們得快點回去！」

「咦？有、有這麼趕嗎？下一班電車還要多久進站？」

「……三分鐘後。」

「……咦咦咦咦咦！」

──還沒完全清醒過來的腦袋一口氣醒了。

我試著動腦回想，反過來倒推回程的路線。

從生駒山上站到這個「星星廣場」，慢慢走的話大概要十分鐘。

雖然實際距離應該沒那麼長，但遊樂園裡的人已經開始變多，我們也還沒買車票。

換句話說，我們幾乎沒時間了。

「總、總之，我們出發吧！」

「嗯！」

我跟春珂拔腿就跑。

大事不妙……雖然是談重要的事情，但我們實在太不注意時間了。

要是沒能趕上新幹線就糟了。我們得認真趕路……

在燈火通明的遊樂園裡，我和春珂快步奔跑。

我們鑽過燈飾與其他觀光客之間，朝車站前進。

輕輕撫過發燙臉頰的寒風令人神清氣爽。

——很久沒有這種鮮明的感覺了。

自從在文化祭晚上被秋玻甩掉後，視野就不曾如此鮮明。我聽到遊樂園的ＢＧＭ與風聲，還隱約聞到冬天的氣味——

也許是因為這些感覺有將近兩個月的時間都被遮斷，從周圍傳來的大量情報讓我感到頭暈目眩。

我過去肯定看漏了許多事情。

某人的表情、話語和行動，以及藏在其中的無數珍貴情感——

然後——我突然想到。

「……對、對了，對調的時間！」

我轉頭看向跑在後面的春珂，向她這麼問道：

「妳們現在……多久對調一次！間隔應該已經變很短了吧！」

秋玻與春珂身為一位雙重人格者，人格對調的間隔時間會日漸縮短。據說當間隔時間變成零的時候——身為副人格的春珂就會消失。

我們剛認識的時候，間隔時間是一百二十分鐘左右——而文化祭當時則是三十分鐘左右。

在那之後過了兩個月，間隔時間應該已經變短不少——

春珂還能待在這世上的時間應該也減少了許多……

這樣的話，我想確認在跟大家會合之前的這段時間，她們會在什麼時候對調。

……再說——

「時間變很短了對吧……？該不會只剩二十分鐘……還是只剩十多分鐘了？」

茫然若失將近兩個月這件事令我懊悔不已。

我浪費了秋玻與春珂寶貴的時間……

我到底在幹什麼？

居然因為自己的問題放著她們不管，整天躲在自己的殼裡……

然而——

「……啊啊，其實呢！」

春珂一邊喘氣，一邊一臉傷腦筋地笑著回答。

「現在是——三十分鐘左右！」

「……咦？」

這個意想不到的回答讓我的大腦瞬間當機。

三十分鐘……？

這應該不可能吧？

因為——

「……兩個月以前的文化祭當時，不也是這種時間嗎？」

……我試著回想一下，但絕對錯不了。

秋玻與春珂都有在聯合舞台活動表演，表演時間正好是三十分鐘左右，所以她們才能依序上台表演。

在那之後明明過了很久，間隔時間卻沒有變短，這應該不可能……

「……我就知道你會驚訝。」

然而，春珂一臉抱歉地笑了出來。

「可是這是事實。好像是從文化祭過後開始的吧，我們對調的間隔時間就不再變短了……」

「原來是這樣啊……」

我如此回答的同時——心中浮現了「某個想法」。

——我一直懷著這樣的願望。

——然而，我也覺得自己絕對不能渴望那樣的未來。

既然間隔時間不會縮短——

如果她們可以維持現在這樣，說不定——

也許是看穿了我的想法，春珂停下腳步面對我。

當我回過神時——我們已經抵達目的地，也就是生駒山上站。

離電車到站還有一點時間。看來我們似乎趕上了。

然後，春珂大大地吸了口氣——露出開朗的笑容告訴我。

「——我們說不定可以永遠維持這樣喔！」

後記

在我心目中，《三角的距離無限趨近零》這部作品分為前半段與後半段。

前三集是前半段，故事內容是透過這段三角關係探索身為主角的矢野的內心世界。

而這本第四集後面的第五集以後則是後半段，故事內容是探索身為女主角的秋玻與春珂的過去。

也就是說，這本第四集正好是連接前後的中段。我試著用有些搞笑的風格寫出不同於以往的故事。

這次是教育旅行篇，故事主軸當然還是矢野跟秋玻與春珂的關係。

此外，前面登場過的他們身邊的人物也有出現，展開了一場熱鬧的旅行。

我本人一直想試著用這部作品的角色，寫出一篇這種感覺的故事。

因為之前的劇情一直頗為嚴肅，我還是想稍微讓他們沉浸在愉快的氣氛當中。畢竟真正的他們也不可能總是愁眉苦臉地過活。

此外，我也不希望只有一味搞笑，還是想好好地推進故事的主線。懷著這樣的想法，我寫出了這本第四集。

不知道各位覺得如何？有沒有從中得到樂趣……衷心希望還沒看完的讀者們能看得開心。

順帶一提，在這一集中登場的「生駒山上遊樂園」是真實存在於奈良縣的遊樂園。當我忙著尋找能讓小孩子留下回憶的關西觀光景點時，碰巧責編小時候曾去過那裡，我便決定用那裡作為故事裡的關鍵景點了。

就跟我想的一樣，那裡真的是個很棒的遊樂園。是個不但能讓全家人玩得開心，又能讓人感到一絲鄉愁，感覺會成為某人珍貴回憶的地方……

我要感謝授權這部作品使用遊樂園名稱的近鐵集團外景服務公司。託貴公司的福，我才能夠寫出帶有豐富情感的結局。Ｈｉｔｅｎ老師的封面插畫也精美得讓人看了就想哭……

好啦，從下一集開始，這部作品就會再次回到原本的風格，而且也差不多要開始現出本性了。

矢野、秋玻與春珂的關係到底會變得如何呢？請大家務必看到最後。

岬鷺宮

©Takeshi Matsuyama 2019 / KADOKAWA CORPORATION

在流星雨中逝去的妳 1~3 待續

作者：松山剛　插畫：珈琲貴族

以「夢想」與「太空」為主題的感人巨作，
劇情發展出乎意料的第三集！

平野大地得知同班女同學宇野宙海的夢想是成為偶像明星。然而，他在未來看到宇野夢想破滅而挫敗——確定會失敗的夢想能叫作夢想嗎？另一方面，公寓上空出現無人機監視星乃。六星衛一再度伸出黑手；神祕的流星雨灑落在月見野市——

各 **NT$250/HK$83**

©Hajime Kamoshida 2020 / KADOKAWA CORPORATION

青春豬頭少年不會夢到迷惘女歌手

作者：鴨志田 一　插畫：溝口ケージ

咲太等人又碰上了未知的思春期症候群？
全新劇情展開的青春豬頭少年系列第十彈！

咲太等人升上大學，過著嶄新又平穩的生活，某一天——偶像團體「甜蜜子彈」的隊長卯月感覺怪怪的，總是少根筋的她居然會看周遭的氣氛……？咲太感覺事有蹊蹺，但是其他學生都沒察覺她的變化。這是碰上了未知的思春期症候群？還是——？

各 **NT$200~260/HK$65~78**

國家圖書館出版品預行編目資料

三角的距離無限趨近零/岬鷺宮作；廖文斌譯. -- 初版. -- 臺北市：臺灣角川, 2020.04-
　冊；　公分. -- (Kadokawa fantastic novels)

譯自：三角の距離は限りないゼロ
ISBN 978-957-743-697-9(第2冊：平裝). --
ISBN 978-957-743-887-4(第3冊：平裝). --
ISBN 978-986-524-140-7(第4冊：平裝)

861.57　　　　109001892

Kadokawa
Fantastic
Novels

三角的距離無限趨近零 4

（原著名：三角の距離は限りないゼロ 4）

2020年12月3日 初版第1刷發行
2023年3月16日 初版第3刷發行

作　者：岬鷺宮
插　畫：Hiten
日版設計：鈴木亨
譯　者：廖文斌

發行人：岩崎剛人
總編輯：蔡佩芬
編　輯：孫千棻
美術設計：吳佳昫
印　務：李明修（主任）、張加恩（主任）、張凱棋

發行所：台灣角川股份有限公司
地　址：104台北市中山區松江路223號3樓
電　話：（02）2515-3000
傳　真：（02）2515-0033
網　址：www.kadokawa.com.tw
劃撥帳戶：台灣角川股份有限公司
劃撥帳號：19487412
法律顧問：有澤法律事務所
製　版：尚騰印刷事業有限公司
ISBN：978-986-524-140-7

※版權所有，未經許可，不許轉載。
※本書如有破損、裝訂錯誤，請持購買憑證回原購買處或連同憑證寄回出版社更換。

SANKAKU NO KYORI WA KAGIRINAI ZERO Vol.4
©Misaki Saginomiya 2019
Edited by 電撃文庫
First published in Japan in 2019 by KADOKAWA CORPORATION, Tokyo.
Complex Chinese translation rights arranged with KADOKAWA CORPORATION, Tokyo.